新潮文庫

おぱらばん

堀江敏幸著

新潮社版

8651

おぱらばん　目次

おばらばん

おぱらばん

数年前の天安門事件がまだ尾を引いていたのか、それともなにか他の政治的理由でフランスが独自の保護政策を打ち出したのか、当時私が暮らしていたパリ郊外の宿舎に、中国人留学生が大挙して現われたことがあった。強力なコネクションを頼りに落ちつき先を見つけるまでのあいだ一ヵ月ほど滞在して、こちらがようやく顔を覚えた頃にふっと姿を消し、ほどなくするとべつの中国人が空き部屋に入る、そんなことがしばらく繰り返された。彼らの多くは不自由ながらフランス語を解し、その不自由さの度合いが私とつりあっていたので、顔をあわせればふたことみこと挨拶《あいさつ》をかわしはしたのだが、最初から短期の逗留《とうりゅう》だとわかっていたのだろう、終始にこやかな反応の裏になんとなく醒《さ》めたところがあって、異国人との交流を避けているようにも見受けられた。

宿舎の住人は朝早くからそれぞれが所属する研究所や大学に出かけて行き、夜は早々と寝てしまうため、昼近くまでだらだらしている人間はほとんど誰とも接触せずに何日かを過ごすことができる。ところが新参の中国人のなかには、知り合いの部屋に転がりこんだものの行き先が決まらない居候《いそうろう》もいて、そういう連中は、昼も夜も、食事時になるとかならず共同炊事場に出てきて料理をつくるのだった。しかも、いったいどこに隠れていたのか、頃あいをはかっておなじような境遇の学生がつぎつぎに現われ、手際《てぎわ》よく大量の米を炊《た》き、朝からテーブルのうえにでんと投げだして自然解凍させた巨大な豚肉を、やはり巨大な包丁で細切れにし、ブロッコリーや人参《にんじん》や椎茸《しいたけ》、ときにはトマトや胡瓜《きゅうり》をぶちこんで蠣油《かきあぶら》と茸入《きのこい》りの醬油《しょうゆ》で炒《いた》め、あっというまに六、七人分の料理をつくりあげてしまう。意外だったのは、彼らが出来合いの乾燥麺《めん》、すなわち粉末スープのついた即席麵を好むことで、東南アジア向けにシンガポールで製造されている、牛風味、豚風味、海鮮風味といった、日本ではついぞ見かけない数種類の《出前一丁》を、ひとりで何袋も平らげたりするのだった。

住人がきれいに出払った午後、珈琲を飲みに炊事場へ行くと、みなが敬意をもって《先生》と呼んでいる、どうやら本当になにかの先生であるらしい、年の頃四十歳くらいの、小柄で愛想のいい中国人としばしば顔をあわせた。黒縁の丸眼鏡をかけ、いつも灰色っぽい人民服を着ているその人には前歯が一本欠けていて、欠けた歯のすぐ隣の歯が前に突き出しているので、口もとだけ見ると貧相なカワウソのようだった。時おり廊下に出てきては、暇を持てあましている若者と中国語で話し、激昂《げきこう》して叱《しか》りつけたり、顔をくしゃくしゃにして笑ったりしていたその人物と、私は一カ月ほどのあいだに二、三度話をする機会を得た。一般学生と明らかに年齢の異なるその人物の背後には政治的ないきさつがあるようにも感じられて、名前も出身地も専門も訊《たず》ねなかったが、そうなるについては、無意識の遠慮が働いたというより、ひとつの会話を成立させるのに必要な労力が、ごく基本的な名乗りあいをも忘れさせたと言ったほうが正確かもしれない。はじめて言葉を交わしたときの、なんとも説明しようのない時間の停滞感は、いまでも身体の隅に残っているほどだ。

彼はまず、こちらの国籍を確かめもせずに、以前、東京へ行ったことがある、とフランス語で言おうとした。言おうとした、としか書けないのは、《以前》に相当するフランス語を思い出すのに、彼がたっぷり十分以上の時間をついやしたからである。顔を真っ赤にして、声にならぬ声を漏らしながら熟考した末に出てきたのは、くだけた日常会話ではあまり使われない《AUPARAVANT》という単語であった。片仮名に変換すれば《オパラヴァン》と表記しうるこの副詞は、ふたつの行為の時間差をはっきり示すために用いられる、どちらかといえば丁寧な言葉で、私は宿舎に滞在している中国人の多くが、《AVANT》のかわりにきまってこの単語を用いるのに気づいていたのだけれど、その理由を深くつきつめようとはしなかった。先生の発音は、不《ふ》揃いな歯ならびと前歯にできた穴からは想像しがたい、まことに明瞭な単音で、ポップコーンでもはじけるようにひとつひとつばらけたその音の羅列は、いささか日本風に《おぱらばん》と、じつにキュートに、遠い国の魔法使いの、とっておきの呪文《じゆもん》みたいに聞こえるのだった。私はその響きにうっとりしつつ、ひとつの文章ができあがるまでの膨大な時間を案じて会話を断ち切り、紙と鉛筆を用いた漢字による意志疎通《そつう》を提言したほどなのである。

その数日後、宿舎のテレビで、なにをしゃべっているのだか私の語学力では半分もわからないバラエティ番組を眺めていたときのことだった。わが国で言う連想ゲームのコーナーがあり、何番目かの問題でチームリーダーが、自信ありげにひとこと、意図的に母音を強調した甲高い声で、《おぱらばん》というヒントを出した。すると回答者が、間髪を入れず「中国人!」と叫んだのである。なるほどフランス人の誰もがあの口癖に気づいているのだなと感心する一方、アジアの同胞を小馬鹿にしたような出演者の表情に、嫌な思いを味わったものである。さらに何日かして、仕事帰りに廊下で先生に会ったとき、私はその無意識の差別とも呼ぶべき番組の話は伏せたままメモを取りだし、なぜあなたがたは過去の時間を喚起するとき、いつもおなじ副詞を使われるのか、どこでフランス語を勉強されたのかと、たぶんそんな意味になる順序で漢字をならべて彼に見せた。先生は、ちょっと待ってくださいと手振りで言い、いったん自室に戻ると、粗悪な画仙紙で刷った小冊子を持ち出してきた。『中佛《ちゅうふつ》簡易単語対照辞典』。先生が開いてくれた頁《ページ》をのぞくと、そこには時間に関係する副詞がいくつか列挙してあり、驚いたことに、《以前》に対応する単語としてはたったひとつ、《AUPARAVANT》だけが記載されていたのである。紆余《うよ》曲折を経てフランスに落ちついた中国人共同体に流通しているらしいこの小冊子が、クイズ番組で堂々と笑い話にされる紋切り型の源だったのだろうか。ぺなぺなしたそのみすぼらしい本の、黄ばんだ頁を何度も確かめながら、なにをどう言っていいのやらわからなくなり、今度は若干速度を落としたフランス語で、大変失礼ですが、私はあなたがこの単語を口にされるときの、その《音》がとても好きです、理由はわからないけれど、ほっとします、と伝えた。気持ちが通じたのか、先生は顔ぜんたいが崩れるほどの笑顔を浮かべて私の肩をぽんぽんとたたき、メルシ、と言い残して部屋に戻っていった。

それが先生と宿舎で言葉を交わした最後になった。他の中国人学生と同様、先生は突然、ぷつりと姿を消してしまったからである。たまたまこちらも外に出る日々がつづいていたし、生活のリズムがあわないだけかと思っていたらそうではなく、事情通の男から、先生はアントニーかどこかの外国人寮に身を寄せることになったのだと教えられた。

＊

おなじ年の秋、とある日曜日のこと、私は十三区の中華街を睥睨《へいげい》する高層建築のあいだの、タイル舗装されたにぎやかな広場にあるパゴダ風レストランへ昼食に招かれた。誘ってくれたのは、画廊の受付だの筆跡鑑定書の翻訳だの、思いがけない半端仕事を流してくれる現地コーディネーターの夫婦で、小さな子どもをふたりかかえている彼ら一家がセルフサービスのレストランやハンバーガー・ショップ以外で外食を楽しめるのは、中華料理の、それも広々とした店しかないというわけで、月一回、郊外から車を飛ばして十三区にやってくるのだった。子どもがスープ皿をひっくり返しても、二度、三度と長い箸《はし》を落としても、大声で泣き出しても、テーブルの下にもぐってあばれても、中国人の給仕は文句ひとつ言わず、それも自然の一部ですよという顔で終始おだやかに、ひたすら仕事に徹して注文を取り、料理を運んでくるのである。大人の男女しか受け入れないパリの飲食店で、ここだけは例外的に、他のいかなる場所でも許されない子どもたちの来訪が、寛容を通り越した常識として認可されていた。

トルビヤック街に面したレストランで騒々しい昼食をともにしたあと、下の子どもが寝そうだからとすぐに帰り支度をする彼らと別れて、私はいつものようにひとりで商店街をまわった。雑貨屋で前から欲しかった煮炊き用の鉄鍋《てつなべ》と、不足していた湯飲みを数個手に入れ、小さな瘤《こぶ》に紐《ひも》の輪をひっかけるだけの、粗悪だが動きやすいカンフー服を、どうしてだか缶詰まで売っている衣料品店で仕入れた。パリにテロの嵐《あらし》が吹き荒れたとき犠牲になったモンパルナスの安売り店で扱っている品よりさらに低い価格である。青島《チンタオ》ビールですっかり上気していた私は、それら大きな袋をぶらさげて、高層住宅の谷間をしばらく歩いた。

六〇年代半ばまでの十三区は、中小企業の工場がひしめく労働者の町だった。ポルト・ド・ショワジーに移転してきた大手の自動車工場がマグレブ系移民労働者を大量に雇った頃はアラブ人街の様相を呈していたというし、いまでも周囲に安ホテルを兼ねたカフェが多いのは、アパルトマンを借りられなかったこれら移民労働者の時代の名残りである。現在では存在しない城壁の外に広がる貧民街《ゾーン》と溶けあった一帯の雰囲気は、レオ・マレの小説などにかろうじて掬《すく》い取られている程度だ。五〇年代にはコンクリートのＨＬＭ《アッシュ・エル・エム》（低家賃住宅）が続々と建てられたこの地域に東南アジア系移民が押し寄せるのは、七〇年代半ばのことである。以来、十三区内の外国人の比率は増加の一途をたどり、一九八二年にはパリ市の平均を大きく上まわる約一八パーセントに達していた。

ところでそのアジア系移民には中国人がかなりの割合で含まれていたのだが、彼らの出自は、前世紀末から今世紀初頭にかけて東南アジアにちらばったマイノリティであり、多くは仏領インドシナ、ヴェトナム、ラオス、カンボジアの出身である。これらの国々で商人や荷役として働いていた人々の二世が、内乱や戦争を逃れて難民キャンプへ、さらにはフランスへと流れてきたのだった。もちろん大陸や台湾からの移住者もいるのだが、俗にいう中国系難民の正式国籍は、これら東南アジア諸国のものなのである。難民たちの到来は、たまたま七〇年代の十三区再開発と重なってマスコミに大きく取りあげられ、イヴリー、ナシオナル、トルビヤックに囲まれた三角地帯を中心に、ひろくマッセナ大通りから環状自動車道と接したあたりまでが、《チャイナタウン》と呼ばれるようになった。

庶民の街であった十三区の南半分に、地上三十階を超える高層アパルトマンを林立させようとした投機家たちの標的は、裕福な管理職階級の人間だった。郊外に行かなければ得られない本格的スポーツ施設は言うに及ばず、小学校、託児所、図書館、映画館、病院を擁する一大コミュニティーの建設。それが彼らのうたい文句だった。しかしいざ第一期の分譲地区が完成してみると、パリ市内の相場としてはかなり低い価格設定をしたにもかかわらず、売れ行きはかんばしくなかった。資金繰りのために予定外の部屋が賃貸にまわされたうえ、折からの不況ともあいまって批判の声が高まり、開発は頓挫《とんざ》してしまう。原案に盛られていた一部の住宅は建設中止となり、期待のレジャー施設も幻に終わった。その結果、分譲はさらに減り、賃貸料はさらに引き下げられ、短い契約期間で出て行く若夫婦や地方出身者を呼び寄せるようになった。言い換えれば、常時どこかに空き部屋があったわけで、そこへ東南アジアの難民が流入してきたのである。早々とフランス国籍を取得していたヴェトナム人を除けば、新たな移民たちがHLMに入居できる可能性は皆無であり、一般の賃貸住宅に頼るほかなかったのだ。いったん狭い独身者用のステュディオが確保されると、ひとりでは払えない家賃を分担するため、名義人の家族が、親戚《しんせき》が、友人が、恋人がつぎつぎに転がりこんで人口密度の異様に高い共同生活が開始され、実際の数がつかめないほどの移民があっというまにこの区域に集結して、やがてひとつの特色ある街を形成していったのである。

じぶんとおなじ顔の人間が歩いているこの街を、私は愛した。とりわけ日曜の午後、大型スーパーの周囲を群衆が行き来し、いまにも大洋を渡る船が出そうな喧噪《けんそう》と、陽気にはしゃぎまわる子どもたちの声がたまらなく好きだった。その日も、私はパゴダのまわりをぶらついてから陽当たりのいいベンチに腰を下ろして、無秩序に移動する人々の顔を眺めていた。じつにさまざまな顔がある。アジア系の人間にまじって、おそらくはマルチニークあたりの、肌の黒い大柄なおばさんが、愛くるしい息子をつれてまったく違和感なしに通り過ぎて行く。ゆったりしたその物腰は、小股《こまた》でちょこちょこと歩く東洋人のなかで浮きあがるどころか、逆に正しい息つぎの仕方でも教えているように、なんとも頼もしく見える。そのときだった。目の前を、灰色の人民服を着た《先生》がゆっくりと歩いているのに私は気づいたのである。背筋を伸ばし、上体を揺らさずにすり足で歩くそのシルエットが、宿舎の暗い廊下を抜けていく人物の記憶と重なった。私は腰をあげ、荷物をぶら下げたまま小走りに後を追って、小さく肩を叩《たた》いた。

　こちらを振り向くと、先生は前歯の抜けた顔を一瞬こわばらせてから、ああ、あなた、とフランス語で言い、破顔一笑した。元気、ですか？　ええ、元気です、と私。ここに住んでおられるのですか？　そう、です、いま、やる、ピンポン、あなた、よろしければ？　切れ切れにことばを発しながら、先生は右手で素振りをしてみせる。数カ月ぶりに再会した、それほど深くつきあったわけでもない中国人からいきなり卓球を誘われたとあってさすがに面喰《めんく》らったが、私の戸惑いは、むしろその人物とスポーツの結びつきのほうにあった。言うまでもなく卓球は中国の国民的球技であり、もしかすると娯楽としての卓球人口だけで日本の総人口を超えているかもしれない。にもかかわらず、ほかならぬ《先生》が卓球に興じる姿は、想像の埒外《らちがい》にあった。だが私は大いに興味をそそられた。なぜなら、じぶんもかつてはひとりの卓球少年だったからだ。河野満、小野誠治といったわが国の名選手のあとを襲って、八〇年代初頭の世界選手権を連覇した郭躍華があの頃の私のスターだった。中国人と手あわせできれば、これ以上の喜びはない。かくて私は、先生のあとについて、主に事務所を収容している棟の一階ホールからエレベーターで地下に降りていった。扉が開いたとたん、軽快な打球音が高波のように押し寄せて私を包みこみ、身体意識を十代の一時期へと連れ戻した。そこは広々とした駐車場で、休日とあって車はほとんどなく、自然光も入るせいか天井が実際より高く見える。思いのほか明るいその空間に、折り畳み式の卓球台がずらりとならべられ、大勢の子どもたちが練習に励んでいた。この人は卓球のコーチなのか？　ウイ、おぱらばん、ピンポン、やって、いました、と先生は言う。私はいくぶん興奮気味に応《こた》えた。じつは、私も、やって、いました、ずっとむかし、そう、おぱらばんに！

ああ、思えばこの言葉こそ、私と先生をむすぶ細い糸だったのだ。しかし彼のほうはそんな感傷に浸る様子もなく隅においてある木箱からラケットをふたつそそくさと取り出して、一方を私に勧めた。前陣速攻型の円いペンホルダー。私たちは中央の台を子どもたちに譲ってもらい、しばらく乱打に興じた。経験者とはいえ十年以上も前のことである。最初から身体が動くはずもない。だが十五分もすると忘れていた感覚が徐々に蘇《よみがえ》って、四肢の動きはずいぶん滑らかになってきた。乱打は大切な情報収集の場だ。初対面の相手のスイングの速さ、打球点、球の癖を、短時間で見抜かなければならない。久しぶりとあって、私は慎重に球を捉《とら》えているつもりだった。ところが、思うようにボールが飛ばないのだ。問題はラバーだった。調べてみると、表面は完全にすり切れ、鏡さながらに照り返っていた。これでは不公平だ。なぜなら相手は、ときどき強烈なトップスピンをかけて寄こしたからである。こんなラバーでドライブがかかるはずはない。私はプレーを中断し、先生のラケットを見せてもらった。予想に反して、そこに貼《は》られていたのは、私の手にしているものに毛の生えた程度の、おそろしく劣悪なラバーだった。極端に摩擦係数の低いそのラバーから、先生は敵のタイミングをふっとはずすループドライブを出したり、獲物を狙った蛇が身体を伸ばして突進するような、低く、鋭い球を自在に繰り出すのである。力の差は、歴然としていた。

中学時代、私はドライブ主戦型の四角いラケットに漢字一文字の銘のある赤いラバーを貼って練習に精出していた。台から適当な距離をとって構え、トップスピンをかけたボールを左右に振って相手のミスを誘う戦術に、よく弾んで球のかかりがいいこのメーカーの製品は最適だったのである。もっとも絶対的な効果を得るには、それなりの手入れが必要だった。練習のあと、水を含ませたタオルの端でラバーの表面を軽くこすり、下敷きや三角定規などをつかってそのうえからラップを張るのだ。それが地方都市の卓球少年たちの執り行う儀式だった。ごく小さな気泡ができることすら許されない緻密《ちみつ》な作業。「聖なるもの」に触れるための、静かな祈り。ラケットを使う球技には、多かれ少なかれそうしたフェティッシュな執着が要求される。ふざけてばかりいる連中が、そのときだけは真剣な目つきで、一心不乱に、薄く硬度のある材質の、おのおのが選んだ篦《へら》を使って、化学の粋をこらした透明な膜でみずからの武器を覆《おお》うのだ。これを一週間も繰り返していると、ラバーはかすかな粉を吹いた新品の状態から熟れた李《すもも》の赤に変わり、ねばねばとボールを吸い付けるようになる。実力の劣る者に、それはまさしく魔法の杖《つえ》だった。タイミングが少々狂っても回転だけはきれいにかかって、ボールは敵陣に落ちてくれるからである。だが、いま私の手にあるラケットからは、いかなる奇跡を引き出すこともできないのだった。

やがて先生は、カットサーブの格好をして左手の人差し指を立て、私のほうを見た。一セットの試合を求める合図である。得体の知れない日本人が先生と戦うというので、子どもたちがゲームをやめて台の周囲に走り寄ってくる。中華街の高層ビルの地下駐車場で催された友愛卓球大会の飛び入りとして、私はいつのまにか注目を集めていた。けれども試合の方はまるで話にならなかった。こちらにサーブ権があって、三球目か五球目でスマッシュにつなげる組み立てをしてみても、先生のリターンはかなりかぶせた私のラケットを大きくはじくほどの切れ味である。対角線で罠《わな》を張ろうとする動きを読んでストレートに入れれば、踏みこみの効いたフォアのスマッシュがすかさず返ってくる。シェイクハンドが主流になった現代ではいかにも非力な円形のペンホルダーを、やっとこで挟むように握った先生の右手首が、インパクトの瞬間かすかに下方にひねられ、まともなスイングをすればひっかかりのないゴムから真下に落ちてしまうボールを、羽子板で羽根をはじくふうに拾いあげるさまがスローモーションで目に入り、すると私は、球筋を見極めるより、ラケットの面の微妙な角度の美しさに見とれてしまうのだった。

それにしても先生の真剣さ、集中力はどうだろう。三本に一度のわりで襲ってくる正確無比の投げ上げサーブの、白球を追う鋭い目の動きは、湿った共同宿舎の台所でひとつの単語を求めて中空にさまよった、あの苦悩に満ちた目とはまったくべつものだ。審判をつとめている中国人の少年が、私のために癖のないフランス語でカウントを言い直してくれる。とうに錆《さ》びついた技術を駆使して必死に追いすがろうとするも、たちまち引き離され、気がつけば二〇対五、マッチポイントを迎えてなおかつ先生のサーブである。

あと一本。ひと呼吸おいて、先生はすうっと糸を引くように球を垂直に放りあげ、ぶあついレンズの奥の小さな目でそれを追い、ふたたび真下に加速しながら落ちてきた、そこしかない一点で手首を効かせてラケットをぶつける。バックだ、と見切ったその瞬間、強烈な横回転のかかった球がぐんと曲線を描いてこちらの胸もとに食いこみ、一か八か、上半身をそらしてまわりこんだ私が跳ねぎわをはたいて対角線に打ち返せば、先生はすでに華麗なフットワークでバックに移行して待ち受けており、いくぶん上体を引き気味にして甘い球をラケットの真芯《ましん》で捉えると、フォアハンドを一閃《いっせん》、目にも止まらぬ鮮やかなスマッシュを台の右端にたたきこんだ。球はそのまま勢いを失わずにぐいとのびて、後方で見物していた少年の頬を直撃し、あいっと叫んだ少年が中腰のままバランスを崩して脇《わき》に置いてある木箱をひっくり返すと、なかに入っていた百以上はあろうかという練習用のボールがけたたましい音をたてて場内に転がった。哀れな転倒劇を正面から見ていた先生は、試合終了の声を聞くか聞かぬか、教え子たちにむかってなにやら中国語で叫ぶとすぐさま散らばった球を追いはじめ、海亀《うみがめ》の卵でもあるまいし、なぜそれほど丁寧にといぶかりたくなるほどの手つきでひとつずつ拾いあげるその顔からはスマッシュを決めた瞬間の神々《こうごう》しい輝きがみごとに消え去って、宿舎時代の、つまりは以前の、おぱらばんの、笑顔の裏のいくぶん屈折した表情がもどっていて私を打ちのめし、歓声をあげて動きまわる子らのあいだで棒立ちになった私の耳には、冷えたコンクリートにこんこんと弾むボールの乾いた音がこびりついて、いつまでもいつまでも鳴りやまなかった。

BLEU, BLUES, BLEUET

淡い光を放つ街燈がぽつりぽつりと間隔をあけてのびていく細い通りの、その先を塞《ふさ》いでいる建物の裏手から車の音が聞こえてくる。それも一台や二台ではない、もっと大量の車が流れる音だ。どうやら完全に道をまちがえたらしい。午後八時からの食事に間に合うようかなりの余裕をもってナンテール・ヴィルに着き、春先に一度、そのときは昼間だったが、駅まで迎えに来てもらっていっしょに歩いたことのある商店街を抜けていったのだけれど、陽当たりの悪い辻《つじ》を右へ折れてすぐと記憶していた古い戸建てのならぶ一角が、いつまでたっても現われないのだった。あの日、五月の曇り空のしたを友人と歩いたときには、久しぶりとあって近況を報告しながらの道中だったから、実際の距離より短く感じたのかもしれない。迷ったと気づいたときには、もう約束の時間を大幅に過ごしていた。

番地すら確認できないほど薄い明かりを頼りにいくつもの角を曲がって、とにかく南へ南へと念じているうちに、まるで見覚えのない通りに迷いこんでしまったのである。記憶の地図の起点となっている駅まで引き返し、すぐにでも電話で迎えを頼むべきだったのだろうが、手間はとらせないと言い切った以上あとへは退《ひ》けず、焦《あせ》るばかりで頭が空白になっていたそのときの状態では、振り出しに戻ることすらおぼつかなかった。おまけについ先ほどまで開いていたカフェが、午後八時を境に、潮が引くようにみな閉じられてしまい、道を尋ねることも電話を借りることもできないのだ。しけたハンカチを冷え切った耳と鼻に交互に押しつけながら、どこをどう歩いていたのか方向感覚を失ってほとんど手探りの徘徊《はいかい》をはじめていたので、大通りの車の音が低く響いてきたときには、正直なところ救われたとすら感じたのである。広い道路に出れば、案内板や公衆電話くらいあるだろう。いよいよ切羽詰まったら、目印となる建物をきちんと説明して、助けを呼べばいい。

ところが、レーニンの名が付された道路沿いには、その名にふさわしく電話などひとつとして見つからず、少し離れたロータリーで偶然発見した周辺地図も、ライターの火を近づけてみると現在位置が示されていなかった。私はしかたなく、北と信ずる方角に足を向けて駅を目指した。時計は九時をまわっていた。食事もあらかた終わっているだろうし、このままでは紹介されることになっていた女性にも好ましい印象を与えられないだろう。しかし相当に深いところで狂ってしまったらしい私の地理感覚は、その後も容易に矯正されず、誰かが舞台背景を描いた大きな紙を行く手に貼《は》り付けて、偽《にせ》の街路を準備しているとしか思えなかった。そのうち身体が温まって、革ジャンを着こんだ背中にじっとりと汗がにじみ、途方に暮れて立ち止まると、こんどはそれが冷えて震えが止まらなくなる。足を休めるのが恐《こわ》くて、触角を引き抜かれた蟻《あり》みたいに細い通りをぐるぐるまわっていると、もののけでも出そうな暗がりのなかで不意に何人かの若い男に出くわし、道を訊《たず》ねられた。まるで土地の人をようやく見つけたとでも言うような安堵《あんど》の表情を浮かべて、彼らはもうだいぶ息の切れかけていた私に、《タクシー・ブルー》はどこかという、まことに奇妙な問いを投げつけたのである。

　タクシー・ブルーが無線タクシー会社の名であることくらいは誰でも知っている。車をまわして欲しければ、しかるべき場所から電話をすればいい。子どもでも思いつくことを、こんな闇夜でなぜ人に尋ねるのか。最初はただわからないで済ませていたのだが、二人目、三人目になるとさすがに気味が悪くなり、レーニン通りに出ればなんとかなりますよと、私はいましがたたどってきた道を振り返って吐き捨てるように言い、なぜタクシー会社の所在が問題になるのか納得できぬまま、いよいよカフカ的な状況に陥ったかと戦慄《せんりつ》した。だいいち道を訊ねたくて涙が出そうなのは、こちらのほうだったのだ。郊外の夜は不気味なほど暗く、寂しかった。パリの外に広がる夜がこれほど深いということを、それまで私は知らなかった。見知らぬ土地を歩くのはいつも昼過ぎから夕刻にかけてのことだったし、陽が落ちればカフェに明かりを求めるのがつねだったからだ。

とはいえ、このとき味わった闇の恐怖が私の足を速めさせたのも事実だった。しばらく歩きつづけてようやく飾り窓のある区画に舞い戻り、最初に折れた辻から一本駅寄りの道を選んで進んで行くと、あっけないほど近くに、音だけ聞けば「私の中庭」、綴《つづ》りを確かめれば「山と牧場」の意だと判明する美しい名の通りが現われた。時計の針は九時四十分を指していた。石塀をうがつ鉄格子の門に針金でくくりつけられている呼び鈴を押すと、待ちかねたというより、あきれ果てた様子の友人が顔を出した。いったいどうしたんだい、食事はもうとっくに終わって、いま珈琲を飲んでるところだよと、彼はこちらの顔を見ずに言う。私は気づまりな空気を振り払おうと、つとめて明るい声で、道に迷ったんだと答えた。道に迷ったなんて、冗談だろう、一度来たことがあるじゃないか。迷ったんならなぜ電話しなかったんだい？　返す言葉もなく、私は黙って彼のあとをついていった。

まあいいや、きみのぶんは残してあるけれど、食べるかい？

いただくよ、と私は力なく応《こた》えた。

＊

ベルギーで出会ったルーマニア女性にたいする、フランス外務省の不可解な仕打ち、という物語を彼から聞かされたのは、はじめてこの古い家にやってきた春のことだった。友人の家は祖父の代からつづく建築家の一族で、いまも彼らが住んでいるこの赤茶けた煉瓦《れんが》造りの三階建ては、一九三〇年代に祖父が設計したものであるという。それはまことに奇怪な、均衡のかけらもない建物で、家の土台部分はきめの細かい珪石《けいせき》で固められ、そこにはめ殺しの窓がいくつかあって、地下室へ明かりを供給する天窓の役目を果たしていた。二階の窓枠は、ゴシック教会の回廊を輪切りにして横一列にならべたようにアーチ型にくりぬかれ、三階はちょうどパリの建物の最上階みたいに、あとから付け足したプレハブ風の部屋で構成されている。どういうつもりなのかそのうえには小さな時計台まであったから、安っぽい土産物にも劣る支離滅裂な外観を呈していた。さらに不思議なのは、手洗いが二階と三階をつなぐ階段の踊り場に作られていることで、いかにも窮屈なその空間は、小柄な日本人ですら前かがみにならないと用を足せないほど天井が低かった。

もっとも友人の部屋は母屋《おもや》ではなく、通りからは見えない雑木林の残る庭の隅にあり、かつて祖父が関与していたアナーキスト活動の広報紙を印刷するために建てたというあばら屋を改造して、いまはそこで寝起きしているのだった。教区のバザーで買った横幅のある木製の書棚で小屋を半分に仕切り、一方を書斎に、一方を小まわりのきく厨房《ちゅうぼう》に変えてあり、じぶんだけの来客を迎える際には、ここでみずから料理の腕をふるってもてなすこともあった。小屋専用の呼び鈴を取り付けるほどの独立国ではあったが、シャワーを浴びたり自然の欲求を満たすためには、バーベキュー用の竈《かまど》のある庭を横切って母屋の勝手口から三階まであがらなければならず、しかも家のなかは、新参者がかならず戸惑うような造りになっている。私は居心地のいい友人の城から庭に出て、この迷宮と闘いながら、三階までの長い道のりを堪能《たんのう》したものだった。

ところでその神聖なる小屋に招かれたのは、地に足のつかない暮らしをしている私になにか感ずるところのあったらしい友人が、おなじ教区で慈善活動をしている仲間の同人雑誌にひっぱりこもうとしたからで、参加するともしないとも意志表示をしないまま逃げまわっているうち、とにかく編集会議にだけでも顔を出してくれと強く誘われたのである。「抵抗」という、壮大な勘違いとしか思えないその雑誌の月例編集会議には、弁護士をしている大男と、バザーで経理を担当している無口な女の子と、高校時代の同級生三人を交えた五人が集まり、世界的蛮行にたいしていかに抵抗するべきかといった、唖然《あぜん》とするような議論をたたかわせているのだった。私は彼らの、友人どうしでしか通用しない独特の語彙《ごい》と話法にいっさいの理解を妨げられ、延々二時間におよんだその議論をただ傍聴するだけに終わったが、最後にたどたどしく、申し訳ないけれど、いまの話はまったくじぶんの肌にあわないものだと宣言して一同を白けさせた。表現行為の場として雑誌を運営するつもりなら、新聞記事を引きのばしたルポもどきの文章は排して、もっと愚直な文学の側からのアプローチも必要ではないか。たとえば《ポラール》と呼ばれる現代フランス・ミステリには、いまきみたちが救おうとしている事象に関して、それなりに有益な異議申し立てが含まれているはずだと、二時間頭のなかでこねくりまわしていた作文を公表し、恐ろしく辛気くさいおのれの発言に呆《あき》れつつも、そのじつ陰でこっそり詩を書いたり、ダニエル・ブーランジェふうの短編を書いて出版社に送ったりしている友人に、ある種の警告をしているつもりでいたのだった。すかすかした博愛主義なんぞわきに置いて、得意な恋愛詩でも書いたらどうだい。私がそう言うと、彼のパストラルな趣味を知る周りの者は声をあげて笑ったが、友人は冷やかしを制するようにひどく神妙な顔つきになって、ベルギーで出会ったルーマニア人女性の受難を御披露に及んだのである。

ブカレストで教師をしていたというその女性は、いま出国すれば家族と会えなくなる危険もありそうな状況下でフランス政府の留学生試験を受け、合格通知をもらった。にもかかわらず、以降の手続きに関してフランス側からもルーマニア側からもなにひとつ具体的な指示がなく、悶々《もんもん》と過ごしているうちいつのまにか一年が経過し、気がつくと翌年の公募がはじまっていた。本当に合格したのだろうかと不安になった彼女は、あれこれ手を尽くして交渉を重ねたが、いかなる情報も得られなかった。彼女の前にわが友人が現われたのは、まさにそんな時期だった。今世紀初頭に活躍し、第一次世界大戦で受けた怪我《けが》がもとで死んでしまう、幼名をコストロヴィツキーといった詩人をめぐって、その生涯に重要な影を落としているベルギーの一都市で行われた国際的な催しに彼女は研究者として参加することに成功し、そこでフランスから出かけた近眼の小男と知り合ったのである。数日間の日程で若干の討論が行われたことはまちがいないものの、実際には参加者どうしの親交を深めることのほうに力が注がれた模様で、ふだんは女性と話すだけで顔を赤らめてしまう男が、酒の勢いもあって麗《うるわ》しき東欧の美女の不遇に同情し、帰国したらぼくが当局にかけあってみると大見得を切った。そして、約束どおり、彼は煩雑《はんざつ》きわまりない事務手続きを代行し、ついに正式の受け入れを外務省に認めさせたというのである。パリにやってくるのがいつになるかは未定だけれども、すぐには部屋も見つからないだろうから、ひとまずこの小屋を貸そうと思ってるんだ。友人はそういって顔を軽く伏せたが、隣に腰を下ろしていた私は、彼の両頰にほんのりとした赤みが射《さ》していることを認めないではいられなかった。

例の女性が無事パリに到着した、ついては紹介をかねて夕食に招きたいと連絡があったのは、十一月も末のことだった。なかなか通じないルーマニアからの国際電話で告げられた到着時刻に、いそいそと駅まで異国の女性を迎えに行った彼の顔には、寒さのせいばかりではない火照《ほて》りがあったのだろうか。彼女はオリエント急行でウィーンまで出てパリ行きの急行に乗り換えたそうだよと、私にはクリスティの小説の題名が想《おも》い浮かぶ程度でさほど感興のわいてこないその列車の名を口にした友人の声音は、いつもより昂《たかぶ》っているようだった。わずか数日顔をつきあわせただけの男に、政情不安な国を離れるための手続きをまかせた彼女の勇気、責任をもって任務を遂行した友人の誠実、文学にうつつをぬかしている息子の、唐突な国際交流を受け入れた家族の寛容に感じ入る一方で、彼の行動にはやはり電話口の声をふだんより高くさせるこころの動きも関係していたろうと私は勘ぐりもし、またその勘ぐりについてはある程度の自信を持っていた。おそらく彼は、できるだけ長いあいだ彼女を小屋に留めておきたいと望んでいるのだろう。しかし幸か不幸か、私はその頃、住居の斡旋《あっせん》にからんだ、あまり人には言えない仕組みの賃稼ぎに精を出していて、サン・トゥアンの庶民的な一角に空いたばかりの、水圧の低いシャワーとままごとのような流し台のある屋根裏部屋に間借り人を見つけようとしている最中だった。美しい恋や友情とはかけ離れた、いかにも即物的で、いかにもわびしい商談を持ちかける下心がないとは言えなかったのである。

＊

友人のあとについて、私は段差のある複雑な配置の部屋をいくつか抜けていった。食堂に向かうには、母屋を迂回《うかい》していったん庭に出、地下のワイン蔵へ通じる階段の屋根がわりになっている出っ張りへ、それとはべつの階段でのぼったところにある勝手口から入るのが早道なのだが、玄関からの順路では、アナーキストでもあった祖父の面目躍如たる破天荒な設計をこころゆくまで愉しむことができて、これはこれで興味深いものだった。思いも寄らぬ数の部屋が襖《ふすま》で仕切られ、数珠繋《じゆずつな》ぎにのびている古い日本家屋のように、不規則な場所にしつらえられたドアを開けて部屋から部屋へくねくねと移動し、とつぜん出現する光の射さないホールからのびた階段を通常なら中二階に相当する高さまであがって、そこからさらに部屋をひとつふたつ抜けると、ようやく食堂にたどり着くのである。

フロアスタンドの弱々しい光に照らし出されたその食堂の、窓際《まどぎわ》に置かれたテーブルで、中近東の血を感じさせる女性が静かに珈琲を飲んでいた。大きな黒い瞳《ひとみ》に黒く艶《つや》やかな髪。気配を察してこちらに顔をむけた彼女の目尻《めじり》には、間接照明のせいなのだろうか、深い皺《しわ》が刻まれているように見える。音も立てずに腰をあげ、目の動きだけで相方に紹介を促した彼女の挙措から推察するに、年の頃三十代半ばではないかと思われた。ルーマニア女性というと、オリンピックの女子体操で史上初の満点を出したあの少女のような、小柄で栗色《くりいろ》の髪をした、骨の細い身体をつい想像してしまうのだが、背筋を伸ばして立った彼女は、中肉中背の、どちらかといえばがっしりした骨太なタイプで、それがいくぶんアジアの匂いを強めている要因だったかもしれない。

私の手を握った彼女の掌《てのひら》はへんに乾いていて、皮膚と皮膚が擦れ合う音まで聞こえてきそうなほどだった。ところが、それで挨拶《あいさつ》は済んだと安心している私の胸に、彼女はふっと身体をあずけるように近づくと、左右の頬に、こんどは軽く肉の感触が残るパリ風の接吻《せっぷん》をしたのである。初対面の女性にそういう接し方をされたことのない私は頭がくらくらして、いまにして思えばじつに悔やまれるのだが、お返しをする代わりに、ありがとうと礼を述べる失態をおかしてしまった。ただしそれにはちゃんと言い訳が用意されていて、要するに、空腹のあまりきちんと物事を判断できない状態だったのである。

食卓に残されていたロックフォールのサラダと鶏肉《とりにく》のフリカッセを、表向きは行儀よく、顎《あご》の回転からすると貪《むさぼ》るというに近い速度で平らげながら、ふたりのあいだで交わされてしまった言葉を、いまあらためて語り直されている話の内容から組み立てていく。彼女がパリに到着したのはもう二週間前のことで、友人が整えておいた書類を手に意気揚々と留学生事務所に出頭してみたものの、どの部署に行っても必ず不備を指摘され、この街で外国人の誰もが経験する責任転嫁《てんか》の雄大な盥回《たらいまわ》しを満喫するはめになった。演劇を学ぶ夢を実現するどころか、大学への登録さえままならない雰囲気で、仮の学生証を手に入れたのが、ようやく三日前のことだったという。微笑を浮かべて怒りつづける彼女のフランス語はたいそう美しく、小さな声を引きずるように喋《しゃべ》る目の前のフランス人よりはるかに聞き取りやすいものだったし、食後の珈琲まで飲んだのに、皿の端に置かれたままのフォークを手にして、私のために存在している貴重なサラダのなかの、チーズにまみれた胡桃《くるみ》をわきから失敬していくその仕草が妙に色っぽいので、商談の前振りとしてルーマニアでの生活でも聞いておこうと考えていたこちらの計画はひとまず中止し、快活に喋りつづける彼女の横顔や、フォークを軽くつかんでいる左手の動きを追うだけで、じぶんからはなにも言い出せないのだった。

部屋探しの方は進んでいるのかと訊《たず》ねることができたのは、もう十一時半をまわって、終電が迫っている時刻だった。ブカレストで新聞記者をしている知人のかすかなつてをたどって見つけた部屋がポワシーにあるのだが、家賃が二五〇〇フランもするので迷っているという。私は満を持して、じつはいまパリ市内に一八〇〇フランの屋根裏部屋があるけれど、興味はないかと申し出たところ、屋根裏にはいい思い出がないからとの理由で、あっさり断わられてしまった。現代史に名を刻むような革命にまきこまれた、とある東欧の一家の苦渋。そういう紋切り型の悲劇が一瞬のあいだ頭のなかで形をなしたのだが、それについてはまた次の機会にでも聞き出すことにし、万がいち候補が駄目になったら知らせてほしいと、連絡先を記したカードを彼女に渡した。そろそろ行かないと電車がなくなるよ。せかされるまま、私は友人につれられて、ふたたび郊外の闇に身を投げ出した。

道々、私はその晩の恥さらしな彷徨《ほうこう》の一部始終を報告し、レーニン通りのあたりをうろついていたことを話した。そのとき、ふと思いついて、そういえば途中、くたくたになってるときに、《タクシー・ブルー》はどこかなんて妙なことを何人かに尋ねられたよ、まったく気味の悪い経験だったと漏らしたところ、そうじゃない、きみは映画館の場所を訊《き》かれたんだ、近くの封切り映画館で、カンヌでも話題になったロシアとフランスの合作映画が掛かっているんだよ、それが『タクシー・ブルース』ってタイトルなんだと彼は言う。私が汗まみれで歩きまわっているさなかに突きつけられた謎の呪文《じゅもん》は、無線タクシーではなく、映画の題名だったのだ。フランス語の《BLEU》と英語の《BLUES》をこちらが混同したのか、それとも内容を調べもしない不注意な夜の散歩者たちが綴《つづ》りを読み誤って母国語ふうに発音したのか、いずれにせよ、私はこの馬鹿げた聞きまちがいによって、ただでさえ情けない状況をさらにみじめなものにしていたわけである。それにしても映画にまるで関心のない男が、よくそんなことを知っているなあとなにげなくつついてみると、照れくさそうに、じつは一昨日の晩、彼女といっしょに観たんだと打ち明けたのだった。

＊

それから二週間ほどして、思いがけずルーマニアの彼女から電話があった。ポワシーの部屋のひとつが確保できたので、もう心配してくださらなくても結構だという。留学生とはいえ言葉になんの障害もなく、おまけに美人とくれば、部屋探しなど簡単なことかもしれない。しかもそこは、幾重にもつながった知人の編み目の末端に位置する人物が会社の金で借りた、本来は事務所代わりのアパルトマンで、家賃は当初の話を大幅に下まわる一二〇〇フランで済んだと彼女は言う。そんな人脈をたどりうるのなら、なぜ留学手続きを友人にまかせたりしたのだろうか。彼女の行動に若干の胡《う》散《さん》臭さを感じながらも、私が考えていたのは哀れな友の胸のうちだった。出国までの手続きのいっさいを引き受け、当座の宿まで提供してくれた男の気持ちに、彼女が気づいていないはずはなかった。けれども本当を言えば、あの晩以来、友人の想いが一方通行に終わるだろうという、はなはだ失礼な確信をも私は抱いていたのである。私にたいする話し方や、ちょっとした科《しな》の作り方で、彼女が自身の美しさをじゅうぶん意識していることは、はっきり看《み》てとれたからだ。ぱっとしない弱気な小男が身近に留めておくには、かなりの困難をともなう女性であろうと、私はそのとき感じたのである。

いま手もとに、参加しない代わりに、援助の名目で購読だけはすることにした友人の雑誌「抵抗」がある。十一月の夜から数ヵ月後に出て、そのまま終刊号となった友人の記念碑的な一冊で、そこには《小さな厄介ごと》の総題で連載されるはずだった友人の詩が載っている。お世辞にも上出来とは言えないその詩の一節を読んで、しかし私は胸を衝《つ》かれた。
……宵闇の、ナンテール
で、石塀に刻んだ夢
の爪痕、きみとふたり、ふと
誘われて、入った、映画館、タクシー
ブルース、モスクワに
取り残された、哀れな男、この
ぼくは、死産の天使、救うべき
民を持たぬ、無冠の王子
聞くがいい、春のからだに
染《し》みわたる、霧の音を、想いは
告げられたのだ、タクシー
ブルース、タクシー
ブルエ、矢車菊の花弁をむしり……

矢車菊は春の花であって、秋に咲くはずのないものだ。タクシー、ブルース、タクシー、ブルエ。けれどもこの詩を一読したあと、私がさまよいこんだあの秋深い郊外の闇のなかを、くるくるとまわりながら藍紫《あいむらさき》の花弁を散らしてゆく矢車が、脳裡《のうり》に鮮やかな像を結んだのである。死産の天使、無冠の王子の恋を助けることができなかった、わずかばかりの悔悟とともに。

ドクトゥール・ウルサン

左右のこめかみをまっすぐ結んだ細い鉄線に、不規則な電流が流れているとしか思えないほど粘り強い頭痛に悩まされ、市販の薬を一週間あまり服用したけれど痛みがひかないので、近所の開業医のところへ出かけていった。カスタード・クリーム入りの揚げパンが美味《おい》しくてたまに立ち寄るパン屋の裏手にあるその診療所は、なんというかひところ私も住んだことがあるテラスハウス式の構造で、街路に面したドアを開けるといきなり二畳半ほどの待合室があり、簡単なベニヤの仕切り壁のむこうには計器類が置かれているさらに小さな部屋があって、そのわきから、自動傘のスプリングみたいに段差のつまった急な螺旋《らせん》階段が二階の診察室に伸びていた。待合室に受付の看護師がいるわけでもなく、呼び鈴で合図を送るわけでもない。ふだん医者は二階にいて、重い木のドアが開閉する音を聞きつけると、しおらしく降りてくるのだ。いつだったか寒い雨の日に、痩《や》せた、浅黒いマッサージ師風の男がこの建物からひょいと飛び出して、妙に芝居がかった身ぶりで傘を差しのべながら人を送り出すのを目撃したことがあり、なにがあるのかと興味をもってプラスチックの表札を確かめてみると、そこは内科の診療所で、白衣を着た妖《あや》しげな男はれっきとした医者だと判明した。診察を終えた患者を彼は四つ星ホテルのドア・ボーイよろしく軽い身ごなしで送り出し、それからつぎの患者と二階にあがっていくのである。最寄りというわけではないこの医者に診てもらう気になったのは、表札に刻まれた《ドクトゥール・ウルサン》、すなわち《海胆《うに》先生》という珍妙な名前が印象に残っていたからで、海胆先生は待合室に現われるたびにさり気なく患者の顔を確認し、順番争いが起きるのを防いでいるようだった。

熱のあるらしい幼い子どもを抱えた、少々言葉は悪いが女衒《ぜげん》ふうのでっぷりしたおばさんと、ステッキの先に両手を重ねてじっと目を閉じたままの老人が座っている籐《とう》椅子の端に腰を下ろした私は、間歇《かんけつ》的に襲ってくる頭痛に堪えながらその奇妙な建物のつくりをしばらく観察してみた。むらのある壁の塗り方や羽目板の処理、階段の補修が素人の手になることは一目瞭然《りょうぜん》だったし、いかにも中途半端な部屋の配置と床の傾き方からして、倉庫かなにかを改造したものだと察しがついた。ひとしきり内見を済ませると、私は痛みをごまかすつもりでマガジンラックにつっこんである雑誌の束に手を伸ばし、順番を待つあいだ、インテリア関係の一冊を選んで膝《ひざ》のうえにひろげた。

＊

厚い漆喰《しっくい》の壁をくりぬいた格子窓から射《さ》し込む光がまんべんなくひろがっている居間と、廊下の奥にのぞいたほの暗い書斎の風景。書斎と居間をつなぐその廊下には、硝子戸《ガラスど》のついた頑丈な木製の書棚があり、革装の貴重本と光の加減によって背表紙が黄金虫《こがねむし》さながら色を変えるプレイヤード版らしき叢書《そうしょ》が収納され、天板のうえには《セリ・ノワール》が積み重ねられている。書斎そのものは、次頁《ページ》で大きく紹介されていた。がっしりした机の中央には書きかけの原稿と鉄製のペン先を入れたトレーが載っていて、その隅に蓋《ふた》がはずれて口のまわりがかさかさに乾いたインク瓶が見える。水分を蒸発させ、濃度を高めたインクで、真っ黒な文字を書くのを主人は好んだという解説が、写真の下に添えられていた。右手の窓からの採光で十分な明るさは保たれているようだったが、おなじ方向に窓をさえぎるほどの大きなフロアスタンドも置かれ、机の左隅には、たぶん自著なのだろう、仮綴《かりと》じの書物が低く積まれている。部屋の主は、作家ジャン・ジオノ。被写体に選ばれたのは、彼が生涯を過ごした南仏マノスクの家で、すぐに筆者が判別できた解説代わりの文章は、ミステリ作家ピエール・マニャンの美しいエッセイ、『ジャン・ジオノを称《たた》えるために』の抜粋であった。

地元の若者たちを中心とする共産主義寄りの文化活動に親近感を抱いていたマニャンは、一九三七年、十五歳のとき、同年代の友人と語らって反戦を訴える新聞の創刊を計画、内輪の遊びに終わらせたくないという少年らしい意気込みから、ジャン・ジオノに記事を依頼しようと考えた。マノスクの町なかをぶらぶら散歩し、カフェのテラスでぼんやり夢想に耽《ふけ》っている、碧《あお》い眼をしたいかつい鷲鼻《わしばな》の男なら誰もが知っていたが、本など手にとったことのない村人の目には、気むずかしい変人と映ることもあったようだ。実際、ジオノの小説を一冊も読んでいなかった少年たちは、いざ作家の家へと足をむけたものの、不敬をなじられて門前払いを食うのではないかと、そればかり案じていたのである。

ジャン・ジオノが、マノスクのはずれのパライスという、「天国」を連想させる土地に家を買ったのは、一九三〇年二月二十五日。引っ越しは三月に行われたが、車も入れないさびれた高台に大量の書物を運びあげるのはひと苦労だったと、ピエール・シトロンはその浩瀚《こうかん》な伝記のなかに記している。前年、グラッセ書店から刊行された『丘』でパリ文壇の注目を浴びた三十四歳のジオノは、勤めていた地方銀行を辞めて筆一本で家族を養う決意をかため、新しい生活の足場を探していた。あちこちから借金をして手に入れたその家は、しかし当初ずいぶんと小さな平屋だったようで、三月二十日のジャン・ゲーノー宛《あ》ての手紙では、「マノスクの小さな家は、市街地から二百メートル離れた小さな丘の中腹に位置し、西に面しています。棕櫚《しゅろ》の木が一本、月桂樹《げっけいじゅ》が一本、杏《あんず》の木が一本、葡萄《ぶどう》の木々がたぶん五十本ほど、帽子ぐらいの大きさの水盤がひとつ、それに泉があります」と、そんなふうに新居を説明している。

撮影時期は明記されていないけれども、ある雑誌のジオノ特集に、この家の遠景写真が掲載されている。マノスクを見下ろす小丘の中腹の、こんもりした木々に囲まれたその二階家は、手を入れてあるのだかどうなのかわからないほど自由に繁茂した草木に呑《の》まれて、人の通り道は見わけることができない。初代の仕事部屋は庭にあった離れで、それがのちに書庫となるもうひとつの部屋を介して母屋《おもや》とつながり、一九三五年には二階が建て増しされた。以降、彼の仕事場は、窓から《平野という湾のなかの、メダルみたいにひらたい町》が一望でき、みずから《燈台》と名付けたその部屋に移される。したがってマニャン少年がたどった幅の狭い坂道の先には、落ちついた二階建ての田舎家が現われたはずである。

ドアを叩《たた》くと夫人が出てきて、少年たちを中に通してくれた。二階の書斎で相対したジオノは、ふだん町で見かけるのとはまるでちがった、穏やかで愛想のよい人物だった。先入観との格差に萎縮《いしゅく》したマニャンは、交渉のいっさいを友人にまかせて、ただ部屋のなかを見まわすことしかできなかった。

……窓からは、平野のむこうにある工場の煙突といっしょに、サント・チュールの道路が五キロにわたって見渡せる。(樫材《かしざい》で、螺旋状に寄りあわせた四つの脚に支えられている)ジオノの机は、その窓にたいして斜めに、かならずしも直角ではない位置にあった。机上には、玉蜀黍色《とうもろこしいろ》の紙が一束、たっぷりと用意され、いちばん上の紙の三分の一は黒い文字で覆《おお》われていた。夏の盛りを除くと、ジオノの机にはいつも書きかけの原稿が載っていたのだが、それでぜんぶではなく、パイプ専用の棚があり、ねじれた糸ガラス製のペン軸が刺さっている瓶が二つ三つあって、このペン立てには本当に面喰らったものだ。それからミシュランの地図で笠《かさ》をつくったベッドランプがあり、壁にはまたべつの、イゼール県のミシュランの地図が貼《は》られていた。床は小さな、ごくごく小さな白い絨毯《じゅうたん》で飾られ、そこにはつつましい星と接した蛇のような青い模様が入っていた。ずっとあとになって、その絨毯を織ったのはジオノ夫人だと知ったが、以来、ジオノといえば、きまってこの愛の絨毯が思い浮かぶ……。

雑誌の特集に合わせて撮影されたはずのグラビア写真とマニャンの記憶とのあいだには、五十年以上の時間が流れている。にもかかわらず、ジオノの仕事机のこまごまとした物の配置はほとんど変わっていない。こういう頑迷とも無頓着《むとんちゃく》ともいえる持続を目の当《ま》たりにすると、作家の創作の現場と揺るぎない自信が、書きかけの原稿以上に生々しく感じられるのだが、頭痛に堪えつつ抜粋をそこまで読んでようやく、いまはジオノではなく、むしろマニャンこそ時の人なのだと私は気づかされたのである。ついこのあいだテレビで見た書評番組にも、先述のエッセイを刊行してまもないマニャンが招かれていたのだ。

主賓はたしか評論集が仏訳されたばかりのポール・オースターで、ほかにはパトリック・グランヴィルとドミニック・フェルナンデスの顔が見えたと思う。グランヴィルは人の話をたえずさえぎって賢《さか》しらな口をきく嫌味な男で、こんな奴《やつ》の小説は二度と手に取るまいと心に誓ったものだが、反対に、どちらかというと敬して遠ざけていたフェルナンデスには好感を持った。彼は親独作家のレッテルを貼られた父親ラモン・フェルナンデスの抑圧からいまだに抜け出せていないと素直に告白し、戦時中、父が親独の態度をとったことが許せないというより、元来はイギリス贔屓《びいき》で、ジイドやヴァレリーと親交を結ぶユマニストの端くれでもあった男が、なぜナチに肩入れしたのか、それが理解できないのだと静かに語った。そのとき口を開いたのがピエール・マニャンで、じぶんたちの世代には、ラモン・フェルナンデスは親独作家などではなく、炯眼《けいがん》な文芸批評家として尊敬されていたよと朴訥《ぼくとつ》な賛辞をのべて、重苦しい雰囲気を一掃したのである。強い南仏訛《なまり》のあるマニャンの自己紹介は、会場の笑いを誘っていた。若い頃に三つばかし小説を書いたが認められませんでね、その後二十年ほどは、文学への憧《あこが》れを凍結するために冷凍食品の運搬会社で働いたんですが、そこも馘《くび》になってしまい、暇をもてあまして書いたミステリが評価されて、遅ればせの作家とあいなったというわけなんです。

一九三七年に十五歳だったとすれば、マニャンの生年は一九二二年という勘定になり、転機となった『アトレイデスの血』の発表が一九七七年だから、書きはじめたのはそれより前だとしても、五十代半ばでの失業になる。もっとも会社側の都合が彼にとっては幸いした。この作品がパリ警視庁賞を受賞し、その後、ラヴィオレット警視を主人公とする地方色豊かな作品群で、ミステリ作家として独自の地位を築きあげたからだ。南仏のほのぼのとした村の風俗に、レジスタンス運動の傷痕《きずあと》と横溝正史を思わせる血の物語をからめてゆく彼の小説は、一時期《ポラール》に食傷気味だった私を大いに慰めてくれたものだが、なかでも『アンドローヌの秘密』（一九八〇）は忘れがたい作品だった。

退官を控えたラヴィオレット警視が、城砦《じようさい》跡を利用した野外演劇祭にやってくる。ところが芝居のさなか、ひとりの女性が何者かに城壁から突き落とされて死亡するという事件が発生、現場付近に落ちていた古い名刺を手がかりに警視は捜査を開始し、町の印刷屋をあたって、ジルベルト・ヴァロリィという女性名の記されているその名刺が、一九三九年か四〇年、当地でレジスタンス運動が活発だった頃に刷られた事実をつきとめる。ジルベルトの家族は、父親がレジスタンスの仲間を密告したため、報復にあって皆殺しにされたのだが、最後まで息のあった彼女のもとへかけつけた恋人が真相を知り、復讐《ふくしゆう》を誓ったという。ラヴィオレットはまずその恋人に狙いを定め、やがてこの男を愛していたべつの女性に、つまり殺されたジルベルトの恋敵の存在に注目する。そして、その恋敵こそ被害者の母親だったのである。

だが、これらはすべて、真犯人がラヴィオレットをあざむくために仕組んだことだった。捜査が本筋から離れて過去の掘り起こしにむかうよう、犯人は最初から見やすい証拠をならべていったのである。想像を働かせるあまり無駄な死者を出したラヴィオレットがみずからの失敗を悔いる場面で、私は図らずも金田一耕助を連想した。探偵役を担《にな》うラヴィオレットの性格は、どちらかというと厳密な論理よりも夢想が先行するタイプで、最後に辻褄《つじつま》を合わせるかわりに、寄り道がわざわいしていつも必要のない犠牲者を出す昭和初期の名探偵によく似ているのだ。そんな人間を中心に据えているせいか、マニャンの小説の構成には、偶然に頼りすぎるきらいがあって、トリュフ畑に埋められた死体をロズリーヌという雌の黒豚をつかって見つけだす『トリュフ畑の刑事』（一九七八）でも、またこれはラヴィオレットものではないけれど、両親を殺され孤児として育てられた青年が二十五年後に真相解明と復讐を企てる『暗殺された家』（一九八四）でも、物語の節目で都合のいい証人が現われ、それまでの推理をいとも簡単にくつがえしたり、捜査を飛躍的に進展させたりする。展開に無理があるにもかかわらず最後まで読ませるのは、その舞台がジオノの世界に通じる南仏の、独特の大気に浸され、登場人物たちがなにかしら宿命のようなものを背負っているからだろう。ピエール・マニャンが、同郷の作家ジャン・ジオノとの交流を一冊の本にまとめたと知って私がただちに書店に駆けつけたのは、弱点を承知しながらも作品を追っていたからなのである。

話をもとに戻そう。少年たちが新聞を創刊すると聞いたジオノは即座に協力を約束し、《コンタドゥール》に来たらどうかと彼らを誘った。一九三五年以来、ジオノは共産主義に接近し、アラゴンらとともに、ドイツに拘留されている同志を救う呼びかけに応じたり、オーベルジュ・ド・ジュネス、すなわちユース・ホステルの世話役を引き受けたりして、夏になると若者をひき連れ、標高一一〇〇メートルの聖地、コンタドゥールへ行くのが習わしになっていた。澄んだ空気のなかで平和への道を議論し、音楽を聴き、歌をうたい、師の朗読に耳を傾ける共同体。その年の九月、若者たちは徴兵制度に異を唱えて「反戦――ジャン・ジオノ協会」を発足させるが、コンタドゥールでの活動を政治的にとらえていた連中にとって、ジオノは単なる旗振り役にすぎず、作品に敬意を抱いていたわけではなかったとマニャンがそこだけイタリックで強調しているように、ジオノがいくらか英雄的な思い入れをもって周囲の人道主義に波長を合わせていた節もなくはない。第一次大戦で戦場の悲惨をいやというほど知らされたジオノにとって、徴兵拒否はその体験を生かす現実的な選択だったのである。

だが戦争がいよいよ避けられない事態となり、徴兵が開始されると、ジオノは反戦声明に署名せず、一転、みずから兵役を志願した。この《転向》の経緯はきわめて複雑で、徴兵忌避者の家族にたいする懲罰を恐れただの、作家としての影響力を過信していたことにたいする自省だの、さまざまな解釈がなされている。真相はジオノの胸のうちにしかないとはいえ、誰の目にも曖昧《あいまい》な行動によって彼は裏切り者扱いされ、しかも一九三九年には、反戦主義者として当局側から逮捕されるという悲喜劇の主役となっているのだ。この二重の屈折がジオノの立場をひどく歪《ゆが》めたばかりか、のちにドイツ占領下で生きのびる雑誌への無思慮な寄稿がたたり、一九四五年には《対独協力作家》の烙印《らくいん》を押されてふたたび逮捕され、解放後も出版拒否の憂《う》き目にあうというありさまで、主人の収入を完全に絶たれた一家は、ながい貧窮生活を余儀なくされた。青年期のマニャンは、こうした作家の矛盾と孤独とを間近で観察し、痛みを分けあった。たとえば一九四六年一月十九日、母親ポリーヌ・ジオノが亡《な》くなったとき、ジオノの悪評を反映して、葬列に参加する者はマニャンを入れてわずか数人だったという。

寂しい葬儀のあとジオノの書斎に立ち寄ったマニャンは、書きかけの原稿のわきに『パルムの僧院』が置かれているのを目に留める。ジオノは何度読み返したかわからないこの愛読書を手に取ると、まるで母親の死などなかったかのような、説明しがたい昂揚《こうよう》ぶりで、とりわけ気に入っているという後半三分の一を、たっぷり一時間かけて朗読した。ジオノとスタンダールの親和については、大部の研究書があるくらい手垢《てあか》のついた研究テーマだが、その正否を見定めうるほど双方の文学に触れていない私には、このエピソードはスタンダールへの傾倒を証明するものではなく、最愛の母親を亡くした男が悲しみから逃れるためにあえて装《よそお》った痛ましい演技として記憶されている。数十年後、マニャンが《対独協力作家》を父に持つフェルナンデスに示した理解の背景には、禁忌の過去を持つジオノへの想《おも》いがあったかもしれない。いずれにせよ、はじめて作家を訪問し、二階の書斎に通された十五歳の日、マニャンはジオノを生涯の師に選んだのだ。ジオノから受けた薫陶《くんとう》が、のちに彼を優れたミステリ作家に育てる土台となったことは疑いを容《い》れないだろう。マニャンの文章をグラビア雑誌で読み返しながら、人と人との出会いに、私はあらためてこころ動かされていた。だがその感動も、強烈な頭痛を消し去るまでにはいたらなかったのである。

*

いつのまにか前のふたりが片づいて、私の番がまわってきた。医者は老人を無事に通りへ送り出すと、ひらりとこちらを振り向いて、さあどうぞと私を二階にうながす。ジオノに声を掛けられたマニャン少年のようにびくびくしながら、私は手すりにしがみついて急な階段をのぼった。もちろんその先に待ち受けていたのは、南仏の光あふれる作家の書斎ではなく、窓を背にした淡泊な両袖《りょうそで》の机がひとつと鉄パイプの簡易ベッドがあるきりの、ただの白茶けた診察室だった。机をはさんで医者の正面に腰を下ろし、目元のぱっちりした浅黒い顔にむきあうと、目の奥を刺す頭痛のせいか、ごわごわした髪やモンブランのボールペンに寄り添う剛毛のはえた指が、潮だまりの海洋生物みたいに見えてくる。なんとか正気を保ちつつ、あらかじめ考えておいたとおりの表現で症状を説明すると、驚くなかれ、彼は触診もなしに、落ち着き払って衝撃的な診断を投げつけたのである。手のほどこしようがありません。耳を疑って、私は聞き返した。手のほどこしようがない？　そうです、なぜならあなたの頭痛は現在この街に蔓延《まんえん》しているウイルスによるもので、そのウイルスに効く薬はないからです。頭痛だけを引き起こすウイルスなんて聞いたことがありませんよ。そう反論すると、彼はしばらく間を置いて、パリではそういうこともあるのです、と厳かに結論づけた。なす術《すべ》がないとはこのことだった。私は渋る相手をくどいて、彼の知る限りでの最も強力な頭痛薬の処方箋《しょほうせん》を出してもらい、近所の薬局でそれを受け取ると、まっすぐ部屋に戻って二錠飲みほした。どうやら催眠作用があったらしい。ベッドに突っ伏すとそのまま眠ってしまい、数時間後に目を覚ましてみたら、強烈な痛みは嘘《うそ》のように消えていた。

それから二カ月ほどしたある日、私は既製紳士服の卸売りをしている大家のところへ家賃を支払いに行った。小切手を郵便で送ればそれで済むはずなのだが、配達人をわずらわすには近すぎるような気がして、月末になるとこちらから出かけていくことにしていたのである。義兄の息子が経営学の研修で日本に行くと言っていつになく饒《じょう》舌《ぜっ》なユダヤ人の大家は、イスラエル・フィルを指揮するズビン・メータのポスターが貼られた壁のわきのスチール棚から領収書を出して必要事項を書き入れると、じつは今度、この店を売ることにしたんだよと途方もないことを言い出した。私は返答に窮して、仕事を辞めるのですかと小さな声をしぼり出したのだが、本当はじぶんの借りている部屋がどうなるのか不安だったのである。こちらの胸のうちを見すかしたように、いやいや一種の業務整理でね、貸している建物を売り払うわけじゃないから心配には及ばないよ、ただ規模を縮小するだけのことだと彼は言い、新しい事務所はすぐ近くだから、来月はそちらへ来てくれればいいし、面倒なら小切手を郵送してくれれば結構だと言って、新店舗の住所が記された広告を差し出した。私は驚愕《きょうがく》した。そこはあの海胆《うに》先生の診療所がある場所だったからだ。訊《き》けばあそこも大家の持ち家で、しかるべき友人の紹介で貸していたのだが、家賃が滞るので出ていってもらうことにしたのだという。

狐《きつね》につままれたような気分で大家の事務所を辞すと、私は回り道をして診療所の前を通ってみた。なんともう改装工事がはじまっていて、しかもかなり進んでいる状態だった。建物の正面は壁がすっかり取り払われて飾り窓用の大硝子《ガラス》がはめ込まれ、内壁は真っ白なペンキで塗りかえられている。中二階へつづく巻き貝のような階段も、より洗練された鉄製の、まっすぐで安全なものに付け替えられていた。しばらく舗道にたたずんで工事人の出入りを眺めているうち、またあのウイルスにやられでもしたのだろうか、白衣をひらりと翻《ひるがえ》して出入口のドアを開ける海胆先生の姿が目の前を横切って、頭がくらくらしはじめた。

留守番電話の詩人

池からあがってすぐの平たく冷たい石の上で、二頭の河馬が、その堂々たる体軀《たいく》を誇示するふうもなく、いかにも気楽に、仲むつまじく寝そべっている。背景となっている飼育舎の、石と煉瓦《れんが》を積みあげた壁面が、水平方向に直線の走るすっきりした模様を描き、通路の扉も四角い鉄枠の対角線に支えを張っただけのものなので、こんもりとした河馬の背中がその幾何学的な下地に丸々と映えてじつに美しい。パリ植物園の附属動物園に永住の地を見出《みいだ》したこの夫婦河馬の名は、カコとリザ。画面下の説明書きによって彼らの名前がわかるのだが、頭蓋《ずがい》と体格の規模から察するに、右側の雨樋《あまどい》の前でうつ伏しているのが雄のカコ、ぜんたいに線がやわらかく、短い後ろ脚を愛らしく組んで女らしさを演出しているのが雌のリザだろうと思われる。みごとにピントのあった銅版画のようなこの絵はがきが、一枚ずつ丁寧にめくっていった透明なビニールファイルのなかから現われた瞬間、しばしまわりの雨音が消え失《う》せ、私の身体は緊張をはらんだ静寂に包みこまれていくようだった。メトロを乗り継いでレ・アールの地下迷路から地上にあがってきたところを強い雨に降られて身動きできず、どうしたものか思案に暮れていると、エスカレーターの昇降口付近で商いをしていた数店の絵はがき屋が目にとまり、雨足が弱まるまでの時間つぶしをかねて覗《のぞ》いてみたのが思わぬ掘り出し物につながったのである。

私は絵はがきのコレクターではない。たまたま愛読していたヴァレリー・ラルボーという、わが国では多く『ユリシーズ』の仏訳監修者として知られるまことに謙虚な文人作家が無類の河馬好きで、肥満気味だった身体をこの動物になぞらえて友人たちに絵はがきを送ったり、いくつかの作品にその姿を刻んだりしているほか、第一次世界大戦後まもなく住みついたカルディナール・ルモワーヌ通りの自宅からしばしば植物園の飼育舎まで河馬を見に出かけ、当時は英語でつけていた日記にその凜々《りり》しい姿を記録しており、以前からそれを興味深く思っていたのである。というのは、私もまた、訪れる者を否応《いやおう》なく内省に誘う彼らの容貌《ようぼう》に感化された人間のひとりだったからで、文章が優先される書簡集などでは「河馬の絵はがき」と略記され、映像としては収録されていない動物の姿を、いつか目にしたいと考えていたのだった。仏国の首都に到着して私がいちばん最初に出かけた文化施設は、ルーヴルでもオルセーでもなく、凱旋門賞《がいせんもんしょう》が開催されたロンシャン競馬場と植物園附属の小さな動物園だったのだが、みずから望んだこの通過儀礼の顚末《てんまつ》についてはあまり多くを語りたくない。なぜなら、水陸それぞれの馬を詣でたあげく、前者では生活費の一部を連勝複式で雲散させる結果となり、後者では、現在そこで河馬は飼育されておらず、子どもが背中に乗って遊んだりする遊具がわりの銅像が置かれているだけという、人生の大事と呼んでもいいほどの衝撃的な事実を確認するにいたったからだ。とりわけ愛する作家が日記に書き留めている動物の子孫に会えなかった悲しみは大きく、以来私は、動物園から消えてしまった幻の河馬を求めて、しばしば年代物の絵はがきを扱う店に足を運ぶようになったのである。

古物市などでそれらしい店を発見すると、単刀直入に、動物の絵はがきを見せて欲しいと申し出る。歴史のあるパリ植物園の飼育舎に幽閉されていた動物たちの写真は、特定のコレクターしか所望しないものなので、誰もが触れられる屋台のケースとはべつのファイルに保管されており、こちらから頼まないかぎり現物を拝むことができないのだ。はじめて絵はがき屋を冷やかしたとき、なにを探しているのかと店番の親父に問われて、大型動物ですと応《こた》えたところ、大型動物のなんだ、象か、キリンか、とさらなる分類を求められて啞《あ》然《ぜん》とした憶《おぼ》えがある。そこまで細かく指定する必要があるのかと怪《け》訝《げん》な顔で相手を見返しつつ、一方ではこちらの希望が児戯に類しているようで気恥ずかしくもあり、小さな声で、じつは、河馬なんです、と言ってみると、河馬はないね、めったに出ないよ、そればかり狙うコレクターがいるからねと店の親父はにべもなかった。その後も機会あるごとに同様の質問を繰り返してきたのだが、たしかに河馬はめずらしいらしく、大きな動物を集めたファイルから出てくるのは、カルカッタで木材を運んでいる象や、ナイル河上流に棲息《せいそく》する鰐《わに》や、現地で捕獲されたキリンなどで、動物園のシリーズがあったとしても、主役はたいてい白熊だった。

最初に手にしたパリ植物園の河馬の絵はがきは、一九〇四年、ヴォージラール郵便局の消印があるものだった。どうやらパリへ旅行にやってきたらしいベルナールという男性が、アリエ県ムーランに住むアンドレ・ゴーチエ氏に宛《あ》てた一枚である。かんじんの絵柄は、どう形容したらいいのか、ひときわ不機嫌な顔でカメラをにらんでいる一頭の河馬で、肌の色つやも悪く、金を出すのが惜しくなるような品だったが、《ジャルダン・デ・プラント・ド・パリ》のロゴが刷られた絵はがきであることに変わりはなく、それが河馬探索の出発点となったのである。

いくたびか接近遭遇し、捕獲したりしなかったりした聖なるナイルの守護神のうちでも、私がひそかな信仰を捧《ささ》げていたのは、サーモンピンクの飼育舎の前で、黒光りすることのほかすばらしい頭蓋をぐっと地面まで押し下げ、わずかに残された緑の飼い葉《は》を食んでいるロンドン動物園の河馬だった。ぶあつい皮膚の乾燥をふせぐために発達した汗腺《かんせん》が送り出す桃色の液体まで塗りわけられている彩色はがきのなかで、私はこの一頭と出会った。第一次大戦前、数度にわたってロンドン暮らしをしていたラルボーは、一九一三年にこの街の動物園の絵はがきを友人に送っている。アッパー・タルス・ヒル一一八番地からドーバーを越えて、パリ市ユニヴェルシテ通り一九五番地のマドモワゼル・グラベールに宛てられた一九〇九年三月十二日付けのそのはがきが、ラルボーの選んだものとおなじ種類の図柄であったかどうかは不明だとしても、くすんだ白黒ばかりの画像のなかでそれは比類なく高貴な光を放っており、あまりの美しさに、予想をはるかに超える価格であったにもかかわらず、私は即金で奪い取ったのだった。

レ・アールの屋台で発掘した見目うるわしい夫婦河馬のはがきは、まず名前が明記されている点で価値ある一品だった。ただいかんせん未使用で、郵便局の消印も差出人の記述もなく、年代の確定ができない。なにか手がかりはないかと店の親父に質問してみると、さすがに商売だけあってたちどころに応えてくれた。宛名欄が紙面全体を使って三行ぶん印刷され、しかも通信欄がないこのはがきは第一刷と呼ばれる型で、一九〇三年から一九〇九年のあいだに刷られたものだという。つまらないことだが、先に触れた一九〇四年の消印があるはがきには、《L'Hippopotame》という単数形の解説が記されていたのにたいし、ほぼ同時期に印刷されたこのはがきでは《Les Hippopotames》と、すなわち複数形で捉《とら》えられている。一般的に言えば前者は種族名としての集合名詞であり、飼育されている河馬が複数であっても矛盾は生じないのだが、後者が夫婦河馬を強調しているのは名前が紹介されていることからも明らかで、となれば、一九〇四年の、これも第一刷に分類されるはがきと、私の前に現われた《カコとリザ》のはがきのあいだにめでたく婚礼が行われて複数となったか、あるいは一九〇四年の段階ですでに共同生活が営まれていたにもかかわらず、撮影時にたまたま相方の体調でも悪くて単独で被写体となったのか、いくつかの可能性が考えられるだろう。さらに興味をそそられるのは、一九一九年のラルボーの日記に登場する河馬が単数形に置かれていたことで、つまりその間に離婚が成立して一方が動物園を去ったか、どちらかが死去したと想像できる。だとすれば、ラルボーが拝観していた河馬は、カコなのか、それともリザなのか。

じつはそんなどうでもいい細部を確かめるために、私はこの植物園を管理する国立自然史博物館の中央図書館に出向いて、いくつかの資料を当たってみたことがある。意外にも飼育記録がなく、分類カードで大型哺乳類《ほにゅうるい》の項目を探ってみると、かつてこの動物園で飼育されていた河馬の寿命をまとめた文書が見つかった。それによれば、一八九六年七月二十八日にやってきた河馬が一九一七年十月十四日までの二十一年、一八九七年五月十一日にやってきた河馬が一九二四年五月十四日までの二十七年間生存しており、やはり一九〇四年にも河馬は夫婦で暮らしていて、うち一頭は戦時中に死去していることが確認できた。一九一九年のラルボーの日記に刻まれていたのは、一九二四年まで生きていた河馬なのだろう。加えて、一九三三年現在、飼育舎には二頭の河馬が存在し、数年前にやってきた雌のセラフィータが最近連れ合いを得てたいへん仲良くやっているとの報告も見つかった。セラフィータ嬢は後添えとして迎え入れられたはずだから、やもめ暮らしをしていた彼女の前夫であるカコこそラルボーが愛した河馬だと私は結論づけたのだが、より詳細な記録を調べるには国立古文書館にでも行くほかありませんよと微笑《ほほえ》む女性司書のことばを潮に、なにもそこまですることはあるまいと、ひとまず河馬をめぐる夢想を中断していたのである。

＊

ながい交渉の末、ようやくカコとリザを買い取ったとき、すぐ隣でアルファベット順に分類された観光地の絵はがきを漁《あさ》っている老紳士に声を掛けられた。すらりとした長身で、一分の隙《すき》もなく着こなしたグレーの三つ揃《ぞろ》いに、落ちついたワインレッドのネクタイ。しっかりと根付いた白髪が、こんな湿気の多い日でもさらさら輝いて生気を感じさせる。彫りの深いその顔を縦断する皺《しわ》としみのぐあいからして、七十歳は越えているだろう。老人はゆったりとした口調で、まことに唐突だが、なぜ河馬を探していらっしゃるのか、よかったらその理由を教えていただけまいか、じぶんは第二次大戦前の保養地の絵はがきを蒐集《しゅうしゅう》している者だが、河馬だけに的を絞っている方をお見かけしたのはこれがはじめてだと言うのである。身なりの良さと丁寧な話し方に警戒心を解いた私は、興味の拠《よ》り所をかいつまんで説明した。すると老人は、一見してユダヤ系と知れる鼻梁《びりょう》を左手の親指と人差し指で上下に撫《な》でながら言うのだった。いやはや、ラルボーの作品は私もむかし読みましたが、そんなところに河馬が関わってくるとは初耳です。あなたは、とりわけこの作家を研究なさっているのですかな？

私は困惑した。ラルボーは愛の対象であって研究の対象ではない。ただ読んでいるだけで満足してしまい、その先に進めないたぐいの作家だからである。けれども面倒な話は省略して、まあそんなところですと応じると、老人はこほんとひとつ咳《せき》をして、ならばラルボーと親交のあった作家に会うべきですな、これをご覧なさい。そう言って、財布から一枚の名刺を取り出した。《アラン・デコー、アカデミー・フランセーズ会員》。あなたが、アラン・デコーさん？　いやいやとんでもない、ただの知り合いですよ、私は詩人です、名もない詩人ですがね。老人は偽物《にせもの》だと疑われるのを懼《おそ》れでもするようにその名刺をすばやく内ポケットにしまいこんで話をつづけた。彼なら生前のラルボーを知っていたと思いますね、仲間うちの研究会に出れば会えるかもしれないが、これはごくまれにしか開かれないものですし、そうだな、あなたの連絡先を教えてください、確約はできませんが、誰かに話を聞いておいてあげましょう、ジャン・ドルメッソンならなにか有益な助言をくれるかもしれない……。ああ、ドルメッソンなら、たしか一九五七年に出た文芸雑誌のラルボー追悼号に、若くして一文を寄せてましたねと、名刺を交換しながら些末《さまつ》な知識を披瀝《ひれき》する私に、老人は微笑を浮かべ、握手を求めて言うのだった。では、またの機会に。河馬は重いですからな、ご自宅へは慎重にお帰りなさい。

その後ろ姿をぼんやり見送ったあと、私は手の中に残された名刺を読んでみた。《詩人、ウラジーミル・ヴォルゴウィスキー》。「詩人」という身分が名前のうえにつつましく刷られているだけのその厚紙に住所は記されておらず、さらに奇妙なことに、バンク・ゴシックで強調された電話番号には「留守電」と但《ただ》し書きがあった。貴重な情報を得られるかもしれないという当初の期待とは裏腹に、著名人の名刺を持ち歩いているこの人物が第一印象とはちがってなんとなくいかがわしくも感じられ、私はもう一度地下に降りて書店に入ると、カウンターで出版目録を引かせてもらった。案じたとおり、現在流通している書物の作者に、ウラジーミル・ヴォルゴヴィスキーなる詩人は存在しなかった。もちろん私家版の詩集がある可能性もあったし、自作がすべて絶版になったとも考えられたから、それだけの材料で身分の真偽を云々《うんぬん》するわけにはいかない。詩人であれ小説家であれ、人からどう見られようと、物書きなどみな自己申請でいくらでも僭称《せんしょう》できる身分なのだ。本当に連絡をくれるのかどうか、半信半疑で名刺をポケットに入れながら、あの背筋の伸びた品のいい老紳士が誰かに似ているような気がして、けれどもそれが誰なのかわからずに、私はひどくもどかしい思いを味わっていた。

もやもやが晴れたのは、ずいぶん日が経《た》って、これまで買い取った河馬たちを愛《め》でていたときのことである。サロモン・ルービンシュタインという、エミール・アジャールの小説『ソロモン王の苦悩』に登場する人物の名がとつぜんひらめいたのだ。かつて既製服の製造販売で富を築き、「パンタロンの王」を名乗っていたサロモンは八十四歳。事業から身を引いたいまでは、孤独な老人たちを救済する慈善組織の運営に力を注いでいる。不思議な威厳を漂わせたこの老人が、オスマン通りで語り手の運転するタクシーをひろう場面から小説は動き出す。老人は、なかなか鋭い物の見方をする若い運転手がすっかり気に入り、自宅にあげてお茶をふるまいながら身の上話に耳を傾けたあと、目の前の若者が友人と資金を出し合って購入したタクシーのローンを肩代わりしようと申し出る。交換条件は、老いた身の足となる専属運転手として働くこと。それが、サロモンとジャンの出会いだった。

この風変わりな雇い主にジャンは少しずつ親しみを覚え、と同時に、その孤独とこころの傷を理解してゆく。代々仕立屋だった両親から、アルチュール・ルービンシュタインに倣《なら》えとばかりにピアノを強要されて二十年、ついに才能のなさを証明して家業を継がされたこと、ベル・エポックの頃、ある女性歌手と恋愛関係にあったこと、第二次大戦中、ゲシュタポの手を逃れるためシャンゼリゼ通りの地下室に四年間逼塞《ひっそく》し、それがきっかけで彼女と別れたこと、そして戦後、零落した彼女が「ダーム・ピピ」、つまりカフェのトイレ番をしているところへたまたま用足しに入り、数十年ぶりに劇的な再会を果たしたこと、だがふたりのあいだには修復しがたい亀裂《きれつ》があって、互いに意地を張り合い、どうしても和解しようとしないこと……。サロモンが慈善事業にむかったのは、自分自身に慈悲を施すためでもあるらしい事情を、ジャンはこうしてひとつひとつ読み取ってゆくのだ。

ところで老人には、長年にわたって打ち込んでいる趣味があった。絵はがきの蒐集である。コレクションの主な対象は、ちょうど私がラルボーにかこつけて接触しているのとおなじ、前世紀末から今世紀の半ばまでの古い絵はがきで、それも未使用品ではなく、切手が貼《は》られ、消印があり、さらには裏面に情のこもったことばが記されている私信ばかりである。やがてジャンは、絵はがきを入手したあとのサロモンの行動に強い衝撃を受ける。老人は、数十年もむかしに赤の他人に宛てて認《したた》められた文面が、まるで現代の、ほかならぬ自分自身にむけて語られているかのように、薄れたインクの命ずるままに動いていたのだ。

たとえば水兵服を着てカンカン帽をかぶっている四人の少年を連れた若い女性の絵はがきを入手する。一九一四年の消印があるその絵はがきの、おそらく妻が夫に宛てたのではないかと思われる文句はこんなぐあいだ。「いとしい、いとしい人、わたしたちは、夜も昼もあなたのことを考えています、早く帰ってきて、それからどうかお身体を冷やさないで、フランネルの腰巻きをつけてください、あなたの、マリー」。するとサロモンは、八十四歳の老骨を冷やさぬよう、ただちにフランネルの腰巻きを買いに走る。また、フランス植民地時代のアルジェリアの娼婦《しょうふ》が写っている絵はがきを買い、「あなたなしでは生きられないの、この世で一番恋しいのはあなた。金曜日の七時、ブランシュ広場の大時計の下にいるわ、会いたい想《おも》いは募るばかり、あなたのファニー」といった言葉に触れると、老人は、翌週の金曜日、いそいそと車でブランシュ広場に出かけて行くのである。余裕をもって到着したのに指示された大時計が見つからず、ようやくかつて存在した時計を記憶している人を探しだすと、約束の時間きっかりに、教えられた場所で、姿の見えない、遠い過去の女性を待つのだ。

そんな主人を前に、ジャンは図書館で辞書を読みながら独学で蓄えた語彙《ごい》を駆使して、アウシュヴィッツの後も強烈なユーモアを武器に生きのびてきたユダヤ人の雇い主がたじろぐほどの明察を示す。たとえば「ストイシスム」とは、すべてを失うのを恐れるあまり、その恐怖から脱するためにあえてすべてを失うことだと定義し、それこそが、サロモン・ルービンシュタインの苦悩だと喝破する。かつて想いを懸けた女性を取り戻すことなど不可能だと決めつけるサロモンの傷を癒《いや》すべく、元なんでも屋としてあらゆる修理を請け負った若者は奮闘する。結末をたやすく予想できるのが難点だが、ジャン自身がくだんの老女性歌手と関係したり、図書館司書に恋したりする横糸の組み方と、適度に誇張された戯作《げさく》風の人物像、そしてそれを不自然と感じさせない筆さばきによって、この小説は私を大いに満足させてくれた。作者エミール・アジャールの実名は、ロマン・ガリー。一九一四年、モスクワに生まれ、十四歳でフランスにやってきた彼の出自は、サロモンその人と一部重なっている。第二次大戦後、外交官として活躍するかたわら小説を書き、『空の根』で一九五六年度のゴンクール賞を受賞。旺盛《おうせい》な執筆活動を開始するが、なかなか純文学畑で認められず、約二十年後、批評家に挑戦するべくエミール・アジャールの名に隠れて新しい文体を創始し、一九七五年、『これからの人生』でふたたびゴンクール賞を受賞した。有力な新人作家に与えられるこの文学賞を二度勝ち得た人物は、彼が最初にして最後である。作品の出来があまりにみごとなので、誰か力のある既成作家が書いたのではないかと疑う連中を煙にまくため、ガリーは遠縁の男をダミーに仕立てて記者会見まで開かせた。しかしその男が、みずからの経歴をアジャールのものとして提供するという、依頼人の思惑をはるかに越える愚挙に出たため、完全に魂を抜かれてしまう。にもかかわらず、彼は正体を明かさぬままアジャール名義で四冊の小説を発表しつづけ、しかるべき評価を得ながらも、文学への絶望ゆえか、それとも仮面を奪われた悲しみゆえか、一九八〇年、自死を選ぶ。事実が公《おおやけ》にされたのは、死後数カ月経過してからのことである。一九七九年に刊行された『ソロモン王の苦悩』はアジャール名義の最後の小説であり、サロモン・ルービンシュタインの苦悩は、だから形を変えた作者自身の苦悩でもあったのだ。

＊

アジャールの登場人物を思い出しながら、単独で画面を占拠している河馬と、ロンドン動物園の天然色河馬と、それから新しくわが家にやってきたカコとリザの絵はがきを飽かず眺め過ごした日の翌日、私はサロモンの顰《ひそ》みにならって、メトロでアルマ・マルソーまで行き、セーヌを渡ってユニヴェルシテ通りに出かけた。いまから七十年以上も前にこの通りの一九五番地に住み、ロンドンから河馬の絵はがきを受け取ったグラベール嬢を偲《しの》んだのである。高貴な河馬を手にして、彼女の脳裡《のうり》にはなにがよぎったのだろうか。頬を染めてそのはがきを見つめるうら若い女性を想像しながらあたりをひとしきり徘徊《はいかい》したあと、地図のうえではゆるやかな弧を描いているこの長い通りをサン・ジェルマン・デ・プレまで歩き、文学書の充実した書店を覗《のぞ》いてみたところ、そこでまた、私は思いもよらぬ爆弾に出会ってしまった。かりにそれが黄色い紡錘形の果物かなにかであったなら、短編小説のひとつも書けたかもしれない。しかし私が新刊の棚に見出《みいだ》したのは、ヴァレリー・ラルボーがふたりの女友達に宛《あ》てた書簡集、『アドリエンヌ・モニエとシルヴィア・ビーチへの手紙、一九一九―一九三三』だった。さっそく一書をあがなってカフェに陣取り、ぱらぱらとページを繰ってみて、私は文字どおりことばを失った。なんとラルボーは、故国喪失者たちの女神であったシェイクスピア&カンパニー書店の女主人シルヴィアに宛てて、一九二四年五月六日に河馬の絵はがきを送っていたのだ。しかもめずらしく校訂者が採取してくれた説明書きには、《Paris――Jardin des Plantes――L'Hippopotame Kako》の文字がはっきりと刻まれていたのである。この時期のパリ植物園附属動物園にいた河馬は、やはりカコだったのだ。モーリス・サイエの校訂になるこの書簡集がもう少し早く出ていれば、わざわざ図書館などに行かなくとも、また古い絵はがきなどに大枚を投じなくとも、わが愛する文人作家と視線を交わしあった動物の名前くらい容易に知ることができただろう。けれども、ラルボーの河馬をめぐる彷徨《ほうこう》にここで終止符が打たれたと思うと、いくら推理の正しさが証明されたとはいえ、一抹の空《むな》しさを感じないではいられなかった。

この些細な発見の喜びと無念の想いを、私は誰かに伝えたかった。そして、それを伝えるとしたら、生前のラルボーを知っていた人物を紹介すると言い残したまま音沙《おとさ》汰《た》のない謎の老詩人、ウラジーミル・ヴォルゴウィスキー氏をおいてほかになかった。私はカフェの電話を借り、住所録にはさんであった名刺を取りだすと、記された番号を回した。数度の呼び出し音が途絶えて、受話器のむこうから、素気ないテープが流れてくる。

《こちらは、四二・三八・七六・＊＊。ただいま留守にしております。御用の方は、発信音のあとに、お名前、連絡先、メッセージをどうぞ》。

私は大きく深呼吸をして、留守電にむかって話しはじめた。

洋梨《ようなし》を盗んだ少女

酸味のあるブルターニュ産の林檎《りんご》を買うために並んでいた列の、私のすぐ前にいた少女が、とつぜん隣にすり寄ってきた勤め人らしい男に腕を捕えられて悲鳴をあげた。順番を待ちながらぼんやり考えごとをしていた私にはなにが起きたのか見当もつかなかったが、興奮気味にまくしたてる男の話によれば、少女が梨を一個くすねたのだという。その店の青果売場では、シャンピニョンであれ林檎であれオレンジであれ、どれでも好きな品を客が適宜みつくろって半透明のビニール袋に入れ、売場の中央に置かれた計量器で該当する品目のボタンを押して、品名、グラム当たりの単価、総量、そして価格がプリントされて出てきたシールを袋に貼《は》る仕組みになっていた。すべての操作が客の良心に委《ゆだ》ねられていると言えば聞こえはいいけれども、監視の役目を果たしているのは列を作っているほかの客たちか、おなじ売場を物色し、機器の周辺を視野に収めている人々だけで、その気になればいくらでもごまかすことができるのだった。梨なら梨を三つ袋に入れて秤《はかり》にかけ、シールを出してそれを貼り、しかるのちに、もうひとつ加えて口を閉じれば、三つ分の値段で四つが手に入るわけである。常識からすると、この種の計器は店員がレジで操作するべきなのであって、じっさい客の裁量にまかせている店の多くは、袋の口を熱で溶かし、中身を密封する段階を経て計量ボタンが押せる機種を導入しており、細工は不可能なのだった。ところがその店には、中身の入れ替えが可能な状態で計量ボタンを押せる古い型が放置されていたのである。少女の行為はまさにその杜撰《ずさん》な点を衝《つ》くものだった。

腕をねじあげた男は、騒ぎを聞きつけて現われた責任者にその経緯を説明し、愛らしい雀斑《そばかす》のひろがるふんわりした頬を紅潮させ、鳶色《とびいろ》の眼を大きく見開いて懸命に弁解を試みる少女から袋を奪い取ったかと思うとそれを台座に載せ、シールに印字されている数字と新しいデータが異なる事実をはっきり示して彼女を窮地に陥れた。それでも罪を認めようとしない哀れな容疑者が、呼び出されたガードマンに手を引かれて奥の事務所へ消えたあとには、さすがに重苦しい空気が漂い、事件の主役がまだ幼さの残る少女だったこともあって、非難よりは同情に近い声が漏れ聞こえた。残された客たちの胸はついに晴れなかったのではないかと思う。彼女の次に秤を使うことになっていた私などは、騒ぎが一段落して林檎の袋を台座に載せる際、緊張で身体が硬直し、あやまって赤ピーマンのボタンを押してしまったほどである。もちろん袋は細結《こま》びであらかじめ固く閉じてあったから妙な疑いをかけられずにすんだけれど、事件以来、しばらくその店から足が遠のいたのは、自然な反応だったと言うべきだろう。久しぶりに覗《のぞ》いてみたときには、売場に専門の係が立っていて、客が選んだ品を厳密に計量する安全なシステムに変更されていた。

ところがあの少女は、公的なおとがめを受けるまでには至らなかったのか、その後も堂々とおなじ店で買い物をつづけていたのである。いったいどんな言い訳をして放免されたものなのか、勝ち誇ったように彼女を吊《つる》し上げた正義漢や経営者の方に非を認めさせたとしか考えられないほど落ちついた表情で店内を歩いている彼女の姿を、私はそれからもたびたび目撃した。おそらく保護者が警察沙汰《ざた》になる前に謝罪してきちんと代金を支払い、まるく収めたのだろう。ともかく私が驚いたのは、万引きを疑われた店に彼女がごくふつうの顔で戻ってきていることだった。犯罪者特有の心理とも経営者にたいする挑戦とも解釈できようが、ぜんたいに丸みを帯びたやわらかな彼女の挙措に、攻撃的な雰囲気は微塵《みじん》もなかったから、こちらがわけもなくはらはらして、その店にしか入らないメーカーの、脂肪分が低くても味のしっかりしたフロマージュ・ブランを買うためにまわった乳製品のコーナーで、長期保存のきくミルクを選んでいる彼女と出くわしたときにも、すっかり動揺して視線を逸《そ》らすようなありさまだった。

ある夕方、仕事帰りにその店に立ち寄った私は、例の少女に連れがいることに気づいた。手入れのいい蝙蝠傘《こうもりがさ》の柄のように背筋のきりっと伸びた、白い蓬髪《ほうはつ》のその女性は、かなり冷え込んでいるのにカーディガンを羽織った程度の軽装で、ジーンズをはいていたから遠目には男性のようにも見えたのだが、七十歳を過ぎているのはまちがいなさそうな、皺《しわ》のふかい、やせぎすの女性だった。目元のあたりがなんとなく似ているから、少女の縁者だとすればたぶん祖母だろう。親しい友人を招きでもしているのか、ふたりはあれこれ相談しながらワゴンを押し、大量の豆製品やベーコン、それにピクルスやパプリカや安ワインを積みこんでいる。少女が単独ではないことに勇気を得て、私はそれとなく距離を調節しながら近づき、彼女たちとおなじ、いつも缶詰を放り投げるので客に疎《うと》まれている南方系の女性のレジに並んだ。そして支払いの際、老婦人がバッグから取り出した小切手帳と角のすり切れた身分証明書をなんの気なしに一瞥《いちべつ》して、虚を衝かれた。イーダ・カルスキー。イーダ・カルスキーだって？　あやうく声をかけそうになったが、他人の身分証明書を盗み見した後ろめたさが不埒《ふらち》な好奇心をすんでのところで押し止《とど》めた。なかなかバーコードを読み取ってくれないレジに苛立《いらだ》ちながら、精算を終えて夕暮れの街に消えていく二人の後ろ姿を、私はむなしく見送るほかなかったのである。

*

話は十日ほど前に遡《さかのぼ》る。その名に沼沢《しょうたく》の意をとどめている地区のはずれの、人によってはフローベールの小説の題名や安楽死などという単語を思い浮かべるらしい、細ながい通りに私は棲《す》みついていたのだが、あたり一帯にはわがユダヤ人の大家をはじめとする紳士服の問屋が蝟集《いしゅう》し、中小の店舗が開いては消え、また開いては消えるという狂態を演じていて、ついこのあいだまで派手な紫色のスーツを着たマネキンが立っていた飾り窓にいつのまにやら「貸店舗」の札が下がり、思う間もなくその店がべつの問屋と入れ替わって、カジュアルな服を扱うブティックに様変わりするというていたらくだったのだけれど、そんなふうに浮き沈みを繰り返していたいくつもの店が、ある時期から、プラスター壁にほとんど手を加えられることのないまま画廊に転用され、現代美術に疎い者には、灯油缶に針金を溶接したり、焼け跡に残った金属パイプを組み合わせてあるだけで、なにがなんだか理解に苦しむあの《オブジェ》と呼ばれる作品群を展示するようになったのである。新参者を招き寄せるくらいだから付近には名の知れた画廊も結構あるようで、たとえば自宅の向かいの、詩誌の出版も手がけている瀟洒《しょうしゃ》な画廊では、タルコアの瞑想《めいそう》的な水彩に触れることができたし、城壁なみかな間の空間を辟易《へきえき》させるオブジェのたぐいとはあきらかに一線を画した、ちょうどむかし富山の薬売りが置いていった桐《きり》の薬箱みたいな空間に小物が配されているジョゼフ・コーネルの小宇宙を堪能《たんのう》することができた。こちらから求めたわけではないにせよ、古めかしい言葉で言えば、辺りはかなりスノッブな環境に生まれ変わりつつあったのである。

　そんななかで、最も勁《つよ》い感銘を受けた企画のひとつが、私の根城とおなじ通りの偶数番地にあるB画廊で開かれた、カルスカヤことイーダ・カルスキーの個展だった。行きつけのスーパーで梨を盗んだ少女に付き添われて、というより少女に付き添って買い物に来ていた女性の身分証明書のそれと同姓同名である。あのとき私が狼狽《ろうばい》したのは、カルスカヤが画廊のすぐ近所に、つまりは私の寓居《ぐうきょ》からほど遠からぬ場所にアトリエを構えていることを教えられていたからなのだった。長方形の展示室の白い壁にかなりきつめの間隔で吊り下げられた闇の祝祭。灰色と黒を背景に、赤と黄と白と青の線を星雲のように流した小ぶりな画面の数々が、複製をふくめたカルスカヤの作品とのはじめての出会いだった。ふだんは週に一度しかシャッターをあげないその画廊の扉に貼られたポスターに浮かんだ名前と、広い窓硝子《まどガラス》越しに照らし出された絵づらが一致したとき、私はすでに軽い躁《そう》状態に移行していたのかもしれない。灰が灰として沈まずに燠《おき》の熱を保ち、絶望の対極にある明るさを鮮烈に表現したとりわけすばらしい数枚の前で、時間が止まった。第二次大戦後まもなく、カルスカヤの発見者のひとりであったジャン・ポーランは、南仏カルカッソンヌに隠棲《いんせい》する詩人ジョー・ブスケに宛《あ》てた手紙のなかで、こんなふうに書いていた。《じつに興味深いよ、カルスカヤの最新作は（知ってるかな君は？）。抽象的——ではあるけれど、その抽象性というのは、こう言ってよければ、扇動に、あらゆる具象絵画にさかのぼる抽象性なんだ。公衆便所の染《し》みだとか、壁のひび割れだとかね。それは決して別世界なのではなくて、もうひとつの世界に通じている分岐点なんだよ（しかし、ある驚くべき——そしてともかくあまり類例のない力と権威をもった分岐点なんだ）》。ポーランはまた彼女のコラージュを高く評価し、樹皮を貼り付けた連作の価格を、画家に直接問いあわせて購入の意志を示しているのだが、彼の文章には伝記的情報が盛られているわけではなかったので、私は画家を受ける形容詞が女性形に一致している事実を知っていながら、サヴィツカヤなどという男性作家の名前にもまどわされ、男女のべつを断定できなかったくらいである。まして作品となれば目にする機会すらない幻の光景だった。その幻がいま、手にとどくところにあるのだ。

奥まった事務所の壁にも、墨で描かれた素描が幾枚か掛けられていた。なぜそんな窮屈な展示がなされているのか、きちんと正面から見るにはちらしや雑誌をつっこんで床に置いてある段ボール箱と来客用の椅子を移動させなければならず、店番の女性がぼんやり構えている白い机の後ろの壁にも魅力的なグワッシュが見えたりしたものだから、なかなか気を利《き》かせてくれない彼女の背後にまわりこみ、至近距離で身体を反らす危うい姿勢で鑑賞をはじめたのだが、たちまち腰が痛み出し、痛みをやわらげようとして上半身を反対に折ると、今度はさほど大きくもない私の臀部《でんぶ》がそのたびに彼女の背もたれにぶつかるので、ようやく席を立って場所を提供してくれた。黒と灰が外にではなく内側に弾《はじ》けていく小さな画面から離れられずにいると、彼女はじぶんの椅子を取り戻そうとばかり、私を移動させるためにあちらの硝子棚もご覧になってくださいよと声を掛けてきた。言われるまま振り向くと、驚くなかれ、そこには個展とは無関係のクラッシック・カメラといっしょに、一九五九年に出たポーランの、限定五十九部、オリジナル版画二葉つきという稀少本《きしよう》『カルスカヤ』と、彼が最初の個展に寄せた、日本風に言えば女子高生の丸文字みたいな直筆原稿がならんでいたのである。思いがけないものを眼にしたこちらの胸はさらに高鳴って、その原稿の出所についてひとしきり質問を投げかけたのだが、じぶんは雇われの身で、あまり詳しい知識は持ち合わせていませんがと断ったうえで、むろんカルスカヤの所有物ですと教えてくれる。おまけに画家はこの界隈《かいわい》に住んでいると言うではないか。

私は気持ちを鎮《しず》めるためにいったん地下の展示場に降りてみた。羊毛の渦巻きで飾ったずだ袋を人形の頭にかぶせた、雪男にそっくりなオブジェをどうにも整理のつかない気持ちで眺めてからまた留守番役の女性の部屋まで戻り、当方には絵を買う経済的な余裕などないし、またそれがなくては生きていけないような契《ちぎ》りを絵画と結んでいるわけではない人間だがと前置きしてから、赤い光が射《さ》している絵の一枚を指差して、もしよろしければあの絵の値段を教えていただけませんか、と訊《たず》ねてみた。実際に売り買いの対象となる絵画の値打ちなどはわからないので、高いのか安いのか判断しかねたが、それはたてつづけに三カ月、割のいい仕事に恵まれてやっと手が届くくらいの金額だった。画廊とおなじ通りに住む者として、特別隣人価格は設定できないでしょうか、となかば冗談、なかば本気で迫ってみたが、わたしひとりの判断ではどうにもなりませんとつれない応《こた》えである。不思議なことに、買えそうにないとわかったとたん、その絵に対する執着がいっそう強まってくるのを私は感じていた。絵を所有したいという欲望を抱いたのは、生まれてはじめての経験だった。もっとも、どんなに小さな絵を買ったにせよ、それが常時見られるように掛けておく壁など私の部屋にありはしなかったのだ。

ところが幸いなことに、今回の個展のために刷られた文集と、べつの場所で一九八〇年に行われた回顧展のカタログの残部があるという。あまり気のなさそうに彼女が戸棚から出してくれたのは、淡い水色のフランス装の小冊子と灰色の表紙のカタログで、図版はすべてモノクロだった。冊子の方は複製などいっさい抜きの純粋なオマージュで、画家の知友や批評家らがかつてものした小文の再録である。ポーランやフランシス・ポンジュなどの大きな名前のほかに、モーリス・ナドーやケネス・ホワイト、マルグリット・ボネの名が連なっていたのだが、いちばんの拾い物は、カルスカヤとほぼ同時期、一九二〇年代半ばにサン・ペテルスブルクからパリにやってきたゾエ・オルダンブールの回想だった。歴史小説家となる前のオルダンブールが絵を描いていたことはどこかで読んだ覚えがあったものの、カルスカヤとの関係までは寡聞《かぶん》にして知らず、私はその二冊を譲ってもらうとただちに自宅へ戻り、相互に読み比べて欠けていた知識を補った。

カルスカヤは一九〇五年、ウクライナに生まれた。一九二四年、パリに定住し、当初は医師をめざして勉学をつづけていたが、空腹で倒れるほどの困窮生活のなか、学業のかたわらロシア出身の芸術家たちとの交流を深め、画家を志すようになる。カルスカヤとオルダンブールが出会ったのは、戦争前夜、共通の友人宅でのことだった。

不意に現われて、しわがれた声で早口にしゃべりまくったあげく、五分としないうちに帰ってしまったその女性の、「知られているどのような美の規範にも当てはまらない」美しさに強い印象を受けたと小説家は語っている。敗戦後、おなじ友人宅で再会したとき、カルスカヤは三つになる息子を抱いていた。夫のセルジュ・カルスキーも画家だったが絵で生活は成り立たず、オルダンブールともども、彼女は生地の装飾を請け負う小さな工房で働かなければならなかった。四角い枠に張られた絹やサテンやレーヨンに立ったまま細工をする重労働だったが、手作業のよさで頭の方は奪われずにすんだため、工員たちはありとあらゆる議論を闘わせて仕事のつらさを紛らわしたという。

装飾工房でのカルスカヤの主な役目は、生地の図案作成だった。花束や葉むらをあしらった大胆な模様と激しい色づかい。ここでの仕事ぶりには、初期の絵画の特徴を髣髴《ほうふつ》とさせるものがあるようだ。知己でもあったスーチンの影響を云々《うんぬん》される金、赤、深紫、そして強烈な青。それらが内部からあふれでる溶岩流のように画面を満たしていた、とオルダンブールは言う。私が入手したカタログは色刷りではなかったし、B画廊の個展にも派手な色彩で存在を誇示する作品は皆無だったから、当時のカルスカヤの色がどの程度に鮮烈だったかは想像するほかないけれど、日常生活で使用される生地の作り手として働いた経験はそれなりの肥やしになったにちがいなく、ふたたびポーランの表現をかりれば、「同時にふたつの異なる生活を送っている」カルスカヤの方向性を先取りしていたと言えるだろう。彼女にとっては、肖像画も静物もコラージュも同列で扱われるべき真実なのだ。無垢《むく》な樹木からその皮を剝《は》いで画布に貼《は》り付ける一種の残酷なエネルギーと、われわれがまったく注意を払わない些細《ささい》な物体を拾いあげてそこに新しい命を吹き込む寛容さ。そのせめぎあいに創造の秘密があるとするのが、大方の批評家の意見である。鮮烈な色彩の背後には、沈黙をうながす灰の世界が広がっており、画家としてのカルスカヤは、だから彼女の多面的な活動の一端にすぎないのだと。オルダンブールの証言によれば、戦後、幾たびか転じたカルスカヤの住所のうち、サン・ジャック街の老朽化したアパルトマンなどは、一九〇〇年代のモチーフで塗られた天井から体操器具がぶらさがり、壁龕《へきがん》にはサン・セバスチアンふうの古い木像があって、狭くて真っ暗な食堂には巨大な硝子のテーブルが君臨し、黒地に途方もなく大きなバラをあしらった幾枚ものルーマニア製の織物が壁や床を飾り、床は床でカルスカヤ自身が赤く塗り直すといったぐあいに、どこからどこまでが日常の生活用品で、どこからが個展にむけての創作なのか、判別できないほどの乱雑さだったらしい。コラージュ、タピスリから人形にいたるまで、彼女にとって素材にたいする特別な好みや基準は、あってないようなものだったのである。

カルスカヤはつねにカルスカヤ的な作品を生みだす。批評家の眼からすれば、私のように絵画ばかりに執着していては彼女の本質を捉《とら》え損ねたことになる。不揃《ふぞろ》いな材料を組み合わせたタピスリに「アルカイックな過去」を透かし見、そこから「シャーマンのコスチューム」でも連想すればカルスカヤのオブジェに豊穣《ほうじょう》な光を照射できるのだろうが、革の切れ端だの不要になったペンキ缶だの、焦《こ》げた木っ端《ぱ》だの、ちぎれたポスターだの、くるくると渦状に巻かれた羊毛だのといった素材の組み合わせから「雪男」の毛皮を思い浮かべてしまうような輩《やから》は、すでにその段階で造形芸術への理解と縁が切れているわけなのだ。しかし《二〇の必要な遊び――四〇の不要な身ぶり》と題された一九四九年の個展以来、多面的な活動をつづけるカルスカヤに与えるべき称号が、少なくとも画家の領域に留まるものでないことは明白だろう。一九八〇年夏の展覧会カタログにはアトリエの模様が写真に捉えられており、作品をつるした壁に目を凝らしてみると、いびつな天井との接線近くの漆喰《しっくい》に太い釘《くぎ》が打ちつけられ、額装されていないコラージュと油彩が、その場の思いつきといったぞんざいなやり方で掛けられているのだが、そうしてできあがった壁面は、たんなる収納代わりのようでいてそのじつ明らかに雑然を超えた調和を醸《かも》し出しており、カルスカヤがばらばらな素材にひとつの命を与えていく経路をたどることもできる。絵画以外の作品も、やはりそのように享受すべきなのかもしれない。この写真のアトリエが現在の彼女のアトリエと同じなのかどうかぜひ知りたかったが、画廊にもどって正確な住所を聞き出す勇気はついにわかなかった。なにしろ先刻の私はもう相当に舞いあがっていたわけで、一九〇五年生まれの画家が存命中なのかどうか、それすら覚束《おぼつか》なくなっていたのだ。だからこそあのスーパーのレジで、ふくよかな梨盗人《なしぬすびと》と並んでいた老婦人の名を読み取って動揺したのである。

＊

それから一週間も経《た》たないある日の午後遅く、電話局に用事があって出かけたアルシーヴ街の、一面ガラス張りで内部が外から見渡せる広い画廊で、私はまた性懲《しょうこ》りもなく未知の画家の絵に吸い寄せられてしまった。不意にこちらの網膜に飛びこんできた一枚の絵に描かれていたのは、誰あろう、梨を盗んだあの少女の半身だったからだ。もちろん他人のそら似であることくらいわかっていたし、実際の少女よりはるか肉づきよく描かれていたにもかかわらず、気だるそうな顔に強い意志を秘めたその絵の、羞恥《しゅうち》が詩情に転じられているたたずまいは、スーパーで無実を訴えていたあの少女の属性でしかありえなかった。受付に置かれた案内書によって、この絵を描いたオレッグ・ジンガーなる画家が、一九一〇年モスクワ生まれの、やはり亡命ロシア人であると知り、さらに首をこころ持ち左にかしげている少女の、色落ちした麻袋に近い黄土色で捉えられた表情に、可憐《かれん》で恥じらいに満ちていながらいっこうに損なわれていない健康の徴《しるし》を読み取るに及んで、私は是が非でもその絵を手に入れようと決意したのである。

けれども神のなんという深い御《お》慈悲であろうか、生涯二度目の購買欲をあらかじめ挫《くじ》くかのごとく、そこには売却済みのシールが貼《は》られていたのだった。冷静に見渡せば、他にも幾枚かの婦人像がすでに人手に渡っており、残っていたのはみな塗りの薄い静物画で、しかもオコゼのような魚と巻き貝が描かれた珍妙な図柄のものばかりである。自然光を浴びて穏やかな暖色を放っている肖像画の世界と通ずるリズムがそこにはなにひとつなかった。いや、あったのかもしれないのだが、はっきり形をとらない印象にさかしらな言葉を与えることができなかったのだ。私にとってのオレッグ・ジンガーは、この少女の一枚があればそれでいい。画廊主と客の立ち話を耳に入れて、個展のポスターにも使われている青いワンピースを着た肖像画の値段を知った私は、それより号数の大きい意中の少女像の価格を思いめぐらし、さらに金を積んで譲り受けることができるかどうかを検討しはじめていた。それだけの金があれば焦眉《しょうび》の急を要する難事が、たとえばいま懐《ふところ》に収まっている電話料金の未払い通知を筆頭とする難事がいくつもいっぺんに解決できるではないか。スーパーで梨をくすねた少女に似ているからと言って、安くもない買い物をする必然性などどこにもありはしない。それとも私はいっしょにいた人物がカルスカヤ当人で、ジンガーの少女像を媒介にすれば彼女と近づきになれるとでも考えているのだろうか。あるいは事件以来たびたびすれ違っていた、黒い髪のロシア娘に年甲斐《としがい》もなく恋したとでもいうのだろうか。いや、案外そうかもしれない。そうかもしれないと戯《たわむ》れに呟《つぶや》いたその瞬間、私は売却済みの少女に手をつけるというどこか背徳的な行為を完遂するべく、顧客から解放されたばかりの画廊主に近づいて譫言《うわごと》のように口走っていた、彼女をください、あれは私の少女です、洋梨を盗んだ私の少女なんです……

貯水池のステンドグラス

村の貯水池のへりに建てられた煉瓦《れんが》造りの小さな水質検査所からは、池の中心部にむかって細い鉄製の桟橋がのびているのだが、それとはべつに、箱のような建物の入口の、すぐ左手から鉄梯子《てつばしご》のある丸い穴が下りていて、底から直角に折れたコンクリートの通路を数歩あるくと、人間がひとり寝起きできるくらいの空間がひんやりと広がっている。電燈などなくともほのかな明かりがその部屋を覆《おお》っているのは、つきあたりの壁に埋められた五十センチ四方の厚手の二重ガラスから、貯水池のうすみどりに澱《よど》む水を透かした陽光が差し込んでいるからだ。男がそこで暮らしはじめたのは前年の冬のことだった。仕事と住処《すみか》を奪われ、路頭に迷っているうち、ぐうぜんこのひと気のない貯水池に潜む隠れ家を見つけたのである。最初は長居するつもりなどなかったのに、正方形の硝子窓《ガラスまど》を光源とするやわらかい光の魅力にとらわれてしまい、生活に必要な品を村で買いそろえると、日がな一日、四角い覗《のぞ》き窓と対峙《たいじ》するようになった。夜明け近くの、群青石《ぐんじょうせき》が少しずつ濡《ぬ》れていくような色合いから、雲の多い午後の濁った水晶を思わせる重苦しい色へ、そして夕方から日没にかけての鴇色《ときいろ》へと移り染まるさまを夢見心地で追いながら、幼いころ郷里の海の岩場で泳いだときの記憶や、海水しか知らなかった身を塩素にまみれたプールの水に浮かべたときの奇妙な肌の張りを思い出して、さらに恍惚《こうこつ》となった。男にとって、それはかつて味わったことのない穏やかな瞑想《めいそう》の体験だった。時間と天候によって、あるいはごく稀《まれ》に仕入れてくる安ワインの分量によって四角い窓は七彩のステンドグラスと化し、それを眺めているうち男の意識は彼我をへだてる硝子の境界をつきぬけて、ぬらぬらまとわりつくような水のなかを漂いはじめるのだった。そんな意識の浮遊を覚えて数ヵ月後のある朝、目を覚ますと、冷たい窓のむこうに長い髪を藻のようにたゆたわせ、白く目を剥《む》いた細い人間の身体が、ゆっくりと流れていた。とうに命を失っているらしいその顔を見て、男は息を呑《の》んだ。疑いようもなく、それはじぶんの顔だったからだ……。

数年ぶりに再会したDと、私は四方を古い建物に囲まれた箱庭のような広場の一角にあるレストランで、遅い夕食を楽しんでいた。Dは私がこの街で賃仕事に励んでいたころ知り合ったひとまわり年上の元テレビカメラマンで、当時は国営放送局に所属して内外のニュース映像を担当しながら、いっこうに形にならない小説を書きついでいた。現在は失業者の厚生を目的とする慈善団体で週三日働き、勤務日以外は白い紙にむかっているらしい。彼は食前酒を一気にのみほすと、前菜を待つことすらもどかしげに、執筆中の、いや正確には書き直し中の小説のタイプ原稿を鞄から取り出し、冒頭部分を私に読ませようとした。その場で意見を聞かせてくれというのである。困惑のうちに読みはじめた私は、しかしたちまち貯水池の水質検査所で暮らす男の物語に引きこまれ、主菜の肉料理が運ばれてきたのにも気づかず読みふけってしまった。Dはすでに固有の文体を獲得していた。少なくとも、毎年秋口に大量出荷される新人たちの作品の水準は軽く越えていると、外国語で書かれた文章の質を判断する能力などあるはずもないのに私はそう確信し、主人公がガラスの窓越しに見えたおのれの分身と今後どんな関係を結んでいくのか、早くその先を読みたいと思ったのである。

レストランに場を移す前、Dは私を、落ち合ったカフェの正面にある古い教会に案内してくれた。バスチーユ広場から歩いて数分の場所にあるこの教会には、フランス革命で流血があったとき多くの負傷者が逃れてきて、そのうちのひとりが、息絶える直前、みずからの血で、支柱に《共和国か死か》と書き付けたという。なるほど教えられた太い柱には、うっすらとではあるが確実にそう読める字体で、《La République ou la mort》と書かれていた。歴代の司祭たちはその文字を消そうと、小刀で表面を削ったり、ペンキを重ね塗りしたり、ありとあらゆる手段を試みたのだが、なにをやっても最後には薄紅色の文字が浮かびあがってくるのだった。そんな言い伝えを聞かされていたものだから、貯水池に浮かんだ屍体《したい》を、もしくはおのれの分身を覗き窓から眺めるその光景が、なにやら怪異な夢の一場のようにも感じられ、レアで頼んだステーキの肉汁や深紅の葡萄酒《ぶどうしゅ》までもが不吉な血を暗示しているようで、胃の腑《ふ》はかならずしも穏やかではなかった。けれども書き出しの魅力は作品の質をある程度保証するものだ。私はテーブルに身を乗り出してこちらの反応を待っているDに、正直な感想を伝えた。そして、この話を切りあげるつもりで、こう付け加えたのである。きみはもう十分に作家だよ、と。

ところが、それでDの顔色が変わった。じつはいまきみに読ませた物語の原型を、以前、ある人の前で朗読したことがあるんだ、と彼は言う。憶《おぼ》えてるかな、ルーマニア革命の動乱が収まってしばらくした頃、フナックが再生をめざす彼の国へ本を送ろうと呼びかけたことがあっただろう？

その企画のことは、よく憶えていた。ルーマニアの人々から読みたい本のリストを送ってもらい、フランス側の有志がどれか一冊を選んで購入し、まとめて運ぶという段取りだったと思う。しかし私は、つね日ごろ世話になっているこの大型書店の、文化援助を掲げた大仰なパフォーマンスに感心する一方、ちょうどミラン・クンデラが『緩やかさ』で描いたような、絶妙のタイミングで繰り出される文化的自己顕示による善意の脅迫を、クンデラの登場人物の表現を借りれば「モラルを踊る舞踏家」という必要悪としての偽善をもかぎ取って、主旨には賛同しながら見てみないふりをしていた。不要になった古本ではなく新刊を購入して送るのであれば、ふだん本など買わない人間にはちょっとした英雄を気取る機会を与えるだろうし、もしかしたら税金控《こう》除《じょ》の対象になって最終的にはモラルを踊った人間の利益になりうるかも知れないなど と、まことにひねくれた傍観者の立場を貫いていたのである。無償の援助といえば、ベルマークと古切手の収集くらいしか経験のない者には、フランス語の本を送るという行為じたい、この伝統ある欧州語の威光がまだ完全には消え去っていない東欧の国にたいする無意識の優越感の表明と感じられたのだ。理屈ではついていけても、心情的に受け入れがたいことが世の中にはいくらでもある。私がいつまでたっても大人になれないのは、純粋な善意をそういう色眼鏡で眺めてしまうからだろう。

けれどもDは、私の想像の圏外にあるその無償の善意を、もっぱら「文学」のために実践してみせたのである。『悪の華』を求める声に応《こた》えて、彼は廉価《れんか》な文庫本を一部買い求め、住所と名前を書いた紙片をはさんで書店にあずけたところ、ほどなくして、独裁政治下では容易に入手できなかった十九世紀の詩集を無事に受け取った人物から、丁寧な礼状が送られてきた。驚いたことに、相手のルーマニア人は、ジャーナリズムに関わりつつ詩を書いているという、Dと境遇のよく似た詩人であり、かくして偽善とも税金控除とも無縁の、当節めずらしい友情にもとづく文通がはじまったのである。Dはじぶんが小説家志望であることを告白し、ときには執筆中の作品の一部を送って仏語を能《よ》くするルーマニア人に批評を乞《こ》い、むこうは未発表詩篇をときおり私信に織りまぜてくれた。

二年後、文通相手がパリにやってくることになった。そのころDは、既成の文学賞に対抗するかたちで某大手出版社が主催した小説コンクールに、私に読ませた物語で応募し、運よく一次選考を通過したばかりで——とはいえこの出版社は、後にコンクールそのものをなんの前触れもなく中止してしまうのだが——、異国の詩人の真率な意見を拝聴すべく、出迎えにもコピーを持参し、カフェで初対面の挨拶《あいさつ》をすませたあと、私にやったのとおなじように、すぐさま原稿を読んでもらった。熱心に目を通したルーマニアの詩人はその物語をたいそう気に入ってくれて、ながらくパリに住んでいる先達にきみを紹介しようと言い、夕刻、地図を頼りに、とある通りの、エレベーターのない質素なアパルトマンにDを連れていってくれた。

ドアを開けると、狭苦しい部屋でふたりの男が酒を飲んでいた。空になったワインボトルが山とつまれたテーブルの手前には恰幅《かっぷく》のいい実業家ふうの男が坐《すわ》っていて、山のむこうに、額に深い皺《しわ》の刻まれた貧相な老人が控えていた。老人はかなりできあがっている様子で、こちらは処女作が某文学賞の候補になっている有望な書き手ですと紹介されたDに言葉を返そうとしたときには、もう呂律《ろれつ》がまわらなくなっていたにもかかわらず、未知のフランス人が草稿を携えていることを聞きつけるや否《いな》や刮目《かつもく》し、にわかにしっかりした口調で、よろしい、あなたの小説をわれわれの前で朗読してくれたまえ、と言う。ただし朗読を聴くにあたって必要な品がふたつある。老人はそう切り出すと、空になったボトルをすべて床に移してテーブルの上を片づけ、背後の壁に据え付けられた両開きの戸棚から、未開封のウォトカと、なにやら重そうな白い布の包みを取り出した。まずルーマニア産だというその酒を一同に振る舞い、おもむろに包みを開けると、中から出てきたのは、黒光りする小型の拳銃《けんじゅう》だった。そして老人は、先ほどとは別人のような鋭い眼光でまっすぐにDの目を見つめ、静かにこう命じたのである。さあはじめてくれたまえ、ただし終わりまで読んで感心できないようであれば、こいつで、きみを、撃ち殺す。

ことのなりゆきにみな唖然《あぜん》となった。新しく持ち出されたウォトカをあおるまでもなく、老人は完全に酔っていたし、実弾が装塡《そうてん》されていれば、なにかの拍子にその飛び道具が本当に火を噴かないともかぎらないのだ。否《いや》も応もなかった。金縛りにあったようにDはかすれた声で草稿を読みはじめた。ところが老人は、三行に一度の割合で口をはさみ、単語の選び方を批判して、そこはこうだ、そんな形容詞はぶいてこういう言葉をあてがうべきだと自信に満ちた声で指示を出す。読んでは止められ、また読んでは止められる苦行を小一時間繰り返したところで、とうとういっしょに酒を飲んでいた男が、このひとに最後まで読ませてあげたまえ、失礼じゃないかと、胸ぐらを一押しすれば簡単にひっくり返りそうな、しかし銃に手を置いた老人に、危険を承知で食ってかかった。激しく言い争ったのち結局老人が折れ、全身が硬直するような緊張のなか、Dはなんとか最後まで読み通した。怖ろしい沈黙が部屋を支配した。三人とも息を殺していた。老人はひと呼吸おいて、右手で力強く拳銃をつかみ、腕をゆっくりと水平にのばしてDに狙いを定めた。どのくらいそうしていたのか、たぶん詩集が一冊書けてしまうくらいの長い時間を経て、老人はそっと銃を置き、ただひとこと、こうつぶやいたという。あなたは作家だ、と。

さっき、きみが言ったのとおなじ台詞《せりふ》さ、とDは少しひきつった顔でつづけた。あなたは作家だ、とね。彼はそれきり黙り込んでしまったから、どういう根拠があってそんな言葉が出てきたのかはわからないけれど、たぶん好きなだけ難癖をつけたあとの詫《わ》びの意味もあったろうな。ただ、あのときは本当に殺されると思ったよ、彼の眼《まな》差《ざ》しにはふつうの酔っ払いとはちがう、なにかを永遠に拒絶し、なにかを徹底的に選別しようとする絶対の尺度があったからね。

作り話じゃないんだろうな、とまぜかえした私に、彼は大きく首を振って、とんでもない、おまけにこれには後日譚《たん》があって、それから二カ月もしないうちに老人は自殺したんだ、と言う。自殺だって？　そう、たぶんね。きみにむけられた、あの銃でかい？　いや、べつの方法だよ。

で、その老人の名前は？

ゲラシム・リュカ。

私は狼狽《ろうばい》した。ゲラシム・リュカという、ある意味で伝説的な詩人の名前が、とつぜん飛び出してきたからである。一九一三年、ブカレストに生まれ、シュルレアリスムに影響された一派に加わって詩作を開始、いかなる経緯があったのかはつまびらかにしないものの、ユダヤ人として厳しい戦中をくぐりぬけたあと、一九五二年からパリに居を構えていたゲラシム・リュカは、かつてジル・ドゥルーズによって「母国語の内部でどもる」ことのできる数少ない作家・詩人のひとりと評価され、カフカやベケット、それにゴダールと同列に遇された人物である。ときおり少人数の聴衆を前に朗読会を開く程度でほとんど人前には出ず、字面《じづら》を追うだけでは捉《とら》えきれない《声》を表現しつづけた孤高の詩人。それだけに、この幻の詩人に紹介されたばかりか、比類なき朗読家でもある本人のまえで自作を読んだというDの話はいっそう鮮烈な印象を残したのだった。じつを言えば、私は老詩人の自死を伝える訃報《ふほう》を切り抜いて、しばらく手もとに置いていたことがあるのだ。ゲラシム・リュカは、一九九四年三月十日木曜日、セーヌ河で遺体となって発見されたのである。前日の九日には、こちらも伝説的な小説家であったチャールズ・ブコウスキーが世を去っており、十日付けのその夕刊紙の訃報欄では、ふたつの死が報じられていた。紙面の主役はむろんブコウスキーで、リュカの死は、小さくはないが大きくもない扱いだったと記憶している。齢《よわい》八十歳を迎えた老詩人は、その一ヵ月前、すなわち二月九日から十日にかけての夜、《詩人にはもう居場所のないこの世界》を去ると記した遺書を残して消息を絶っていた。Dがそうと知らずに謦咳《けいがい》に接した晩からほんの二ヵ月後、凍《い》てつく冬のセーヌに、彼は老いた身体を沈めたのである。文通相手からあとで教えられたところによれば、その晩同席していた実業家ふうの男はルーマニア国営ラジオの関係者で、一九九四年初夏に行われるノルマンディー上陸五十周年の特別番組の打ち合わせにきていたのだという。リュカは上陸するかわりに、沈んでしまったわけさ。そう言って、Dは口をつぐんだ。

リュカの詩の、日本語どころか仏語にすら正確には転換できない言語遊戯と、交差配列的とも評される際限のない類語反復を繰り広げていく詩行の背後の深い絶望に、これまで親近の念を抱いたことは一度もなかった。単語の意味をこなごなにし、意味の破壊を越えた地平で新しい声を創出する軋《きし》みの作風にも、それほど強い関心は持っていなかった。私の視線を修正してくれたのは、リュカの自死だったのである。ブカレスト時代にリュカとも交錯していたパウル・ツェランが、一九七〇年四月、やはりセーヌに身を投げているが、このときツェランは五十歳だった。リュカの高齢を思えば、生きのびてしまった者の孤独の深さが推察できようというものだ。『英雄―限界』(一九五三)の詩人は、このときまぎれもない限界に直面していたのである。なにものにも与《くみ》せず、徒党を組まず、いわゆる詩壇から離れて活動していたなどという陳腐な形容をつきぬけた、強靭《きょうじん》かつ不安定な精神力を武器にした彼の詩をたどっていると、じぶんのなかのもうひとりのじぶんと刺し違える瞬間をひたすら待ちつづけているような、生臭い衝迫に駆られて混乱することがある。Dの驚くべき体験を聞きながら、とりわけ私は、詩人が死を選んだ年の秋に出版された『愛の創造者』を手にしたときの、血の気の失《う》せるような読後感を思い出していた。この詩集の原型は、一九四五年にルーマニア語で刊行されているのだが、言葉の音素を崩すいわゆるリュカ独自の作風に転ずる前の様式で書かれており、その意味でドゥルーズ的な「どもり」の色は薄い。にもかかわらず、真冬の入水自殺という終幕からさかのぼって頁《ページ》を繰るとき、私の背筋にはまちがいなく戦慄《せんりつ》が走る。

こめかみからこめかみへ
ぼくの潜在的な自殺の血が
流れる

黒く、硫酸みたいにつんと、黙して
本当に自殺したかのように
銃弾が夜も昼もつらぬくのだ
ぼくの頭を

視覚の、聴覚の、触覚の
――これら限界の――
神経の根を引き剝《は》がし
凝固した血と混沌《こんとん》に
焼けただれた火薬の臭《にお》いを
頭蓋《ずがい》いっぱいにひろげながら

語り手は自殺への予感を漂わせ、「自分自身の不均衡」にしがみつきながらも、愛する女の髪の匂いや、彼女の首筋に這《は》わせたナイフの感触に恍惚《こうこつ》とする。リュカには、『愛の創造者』と同年にフランス語で刊行された『受け身の吸血鬼』という卓抜なタイトルの詩集があって、残念ながら私は現物を見たことすらないのだが、この受け身の吸血鬼の日常は、愛を創《つく》り出そうとする語り手の、次の一節と相似形を描いているのではあるまいか。

とても貴重な
その静脈から

毎朝あつい血の風呂《ふろ》を
用意してくれるこの女が好きだ
わが悪魔を流す
その基本的な身づくろいが終わると
ぼくにはもうなにもわからなくなる
自分自身の血でさえも

そして、愛する女が用意してくれた血の浴室の快楽と平行して、語り手はつねに、みずからの存在を問い直し、収穫のない自省を重ねてゆくのである。

私は創りださざるをえないのだ
移動の
呼吸の
存在の仕方を

空気でも、土でも、火でも
水でもない世界のなかで
泳ぐべきか
飛ぶべきか、歩くべきか、あるいは燃えるべきか
あらかじめそれをどう知ったらいいのだろう

しかし圧巻は、『愛の創造者』と抱き合わせで収録されている『死んだ死』のなかで語られた、「死という/あの《麻痺《まひ》した一般的絶対》にたいする/潜在的で/現実的な最初の勝利」でもある五つの自殺未遂の顚末《てんまつ》だろう。たんなる妄想なのか、それとも実際の体験なのか、そこで明かされた五種類の方法の熱量が、ほぼ現実との敷居にまで亢進《こうしん》していることはまちがいない。第一の試みは、ネクタイを使って首を絞める。第二は、こめかみに銃弾を撃ち込む。第三は、心臓にナイフを突き刺す。第四は毒をあおる。第五は、すなわち最後の試練は、みずから呼吸を止める、というもので、半世紀にわたって自殺をほのめかす詩をあたため、またツェランのような友人が早々とこの世を去っていくのを見やりながら、リュカがなにかに必死で耐えていたことを、これらの詩篇は伝えてくる。なにを選び、なにを棄《す》てるか、それがごく早い時期から

見えていて、ただ決断の時を待ちつづけていたにすぎないと言いたくなるほどに。
最大の衝撃は、遺体発見が三月十日の木曜日であり、行方不明になったのが二月九日から十日の夜、つまり水曜日から木曜日にかけての夜だという事実だった。老詩人は、おそらく人知れず水に飛びこむために、公共の建物のライトアップが消える十日の深夜を選んだのだろう。ここに至って、さすがに私も、水のなかにいるような息苦しさを覚えた。なぜなら、『英雄―限界』の語り手は、ほかでもない木曜日に命を絶つと宣言していたからである。

ぼくは言うぼくぼく戯《たわむ》れぼく曜日ごがつなのか、けれどつまりぼくは言うおお、ぼくは言う宵もウイも、昼も宵もぼくはそれを言う、そうだ今日は木曜、ご、ごがつなのか、木曜日ぼくは言う死ぬと、ぼくは言う死なれた死と……

私の能力ではとうてい訳出しえない、五〇年代以降のリュカの詩のリズム。重層する音と意味を踊らせる息継ぎの美学とでも名づけるべき独自の詩法に刻まれたこの一節のなかでは、木曜日《jeudi》という単語から、「ぼくは言う」《je dis》と「戯れ」《jeu》が抽出され、それが来るべき決別を告げる語り手の言葉に散り敷かれている。

リュカは木曜日に、五番目の仮想自殺であった「みずから呼吸を止める」方法での幕引きを選択していたのだろうか。だとすれば、その最期《さいご》を迎える直前に招いた、著書すらない無名の書き手の作品が、水に浮かんだおのれの似姿を見つめる男を描いていたとは、なんという偶然だろう。惚《ほう》けたように葡萄酒《ぶどうしゅ》を口に運びながら、私は妙な幻想にとらわれていた。この小さな四角い箱庭のような広場が闇を圧搾《あっさく》した巨大な水槽となって、私たちふたりを永久に閉じこめてしまうのではないか。目には見えない重い水がこの空間を満たし、《私》ではない《私》が、周囲の壁に穿《うが》たれた窓からふやけた分身を見つめているのではないか。そして私はどちらの《私》にもつくことができずに、テーブルのうえの蠟燭《ろうそく》と街燈《がいとう》の光に包まれた水のなかで一生を終えるのではないか。

Dとの再会を果たしたその日が木曜日であることに、私はまだ気づいていなかった。

（追記）『受け身の吸血鬼』は、二〇〇一年に、ジョゼ・コルティ書店から刊行された。

床屋嫌いのパンセ

ショベルカーが敷地の北西に残っていた最後の壁に長い腕を二度三度ぶつけて石を粉々にすると、もうもうと立ちこめる砂埃《すなぼこり》のなかから、大型電器店の派手な看板が少しずつ姿を現わしてきた。私は通りをはさんだ地所のむかいの建物の玄関口に立って、ずっと以前から待ち受けていたものがついにやってきたとでもいうかのように、おし黙ったままその光景を見つめていた。ショベルカーとトラックの運転手に、人材派遣会社から送られてきたとおぼしき三人の黒人労働者を加えた即席チームが朝方から開始したらしい取り壊し工事は、私がやってきた昼近くにはもうあらかた終わっていて、頭部を首のなかにたたんだ鳥のようなショベルが、ちょうど手の甲をぶつける感じで標的をねらっているところだった。石の壁は鈍い音をたて、その音からは想像もできないほどの脆《もろ》さでがらがら崩れ落ちると、無差別に瓦礫《がれき》の山を築いた。鉄の掌《てのひら》がそれをぎくしゃくとすくいあげ、トラックの荷台に放り投げてゆく。単調といえば単調なこの作業が繰り返されるうち、私と短いまじわりをむすんだ石造りの家は、あとかたもなく消滅しようとしていた。店内につくりつけてあった椅子や洗面台や大きな鏡のたぐいは業者が引き取ったらしく、黄褐色の床の、艶消《つやけ》しタイルと小さな看板をのぞけば、そこに理髪店があったことを示す痕跡《こんせき》は、もうなにひとつなかった。

＊

私は床屋が嫌いだ。幼い頃から床屋と聞いただけで身体が硬直し、機械仕掛けの椅子に座らされるや大声でわめきたて、押さえつけようとする理髪師に猛然と立ちむかっていったものである。同種の闘いは歯医者の椅子のうえでも再現されていたから、臆病《おくびょう》な私が鋭利な刃物を恐れただけの話かもしれないのだが、しまりのない顔を映し出す大きな鏡もいやだったし、椅子に座るまえとあとで顔がすっかり変貌《へんぼう》するのも好きになれなかった。あまりの狼藉《ろうぜき》ぶりに腹を立てた父親と行きつけの店の主人が結託し、私の頭を丸坊主《まるぼうず》にしてしまったのはたしか四つの頃で、その日の夕方、土手に座ってしょげ返っている、おそらくは半生でただ一度の坊主頭の写真がいまでもときどき脳裡《のうり》に蘇《よみがえ》ってくる。歴史的なその写真が撮られた日以降、さすがに丸坊主にされるような仕儀にはいたらなかったが、だからといって生来の床屋嫌いが矯正されたわけではなく、病はその後もいくつかの段階を経て育《はぐく》まれ、生理的である以上に強固な思想として実践されてきたのである。

髪を刈られながら話をするのがまず苦痛なのだ。面白くもないうわさ話を聞かされたり、身の上を根ほり葉ほり訊《たず》ねられるのが我慢ならなかったから、伸ばせるだけ伸ばした髪を刈るのに、わざわざ遠く離れた町の、一度も入ったことのない店まで出かけて、いかにも通りがかりにその気になったとでもいうそぶりで散髪を申し入れ、異人ゆえに許される黙秘で身を固めて、告解をうながすいかなる誘いにも乗らないようつとめていた。そんな私を、現在に至るまで、さらに頑迷な反床屋主義者として都会に逼塞《ひっそく》させる契機となったのは、いつの頃からか洗髪の際にねっとりとした口調で発せられるようになった、「どこかかゆいところはございませんか？」の一語である。両手の自由を奪われ、真っ白に泡立てられた頭髪をもてあましつつ洗面台に身をかがめて、どうか耳の穴にお湯がはいりませんようにと念じるまさにその瞬間発せられるあの台詞《せりふ》には、あなたは絶対に頭のどこかがかゆいはずだという確信がみなぎっており、気の弱い私はなんと反応してよいものやらわからず、それでも勇を鼓して、頭がかゆくてここにやってきたのではなく、髪を切ってもらいたくてこの椅子に座っているのだと返事をするべく口を開くと、唇の両端からシャンプーまじりのお湯が流れ込み、伝えるべき内容が、がらごろとみっともない音にかき消されてしまうのだった。店の隅で順番待ちをしている客が何人もいるというのに、シャワーの音に負けない声でじぶんの頭が不潔であることを誇示する趣味など私にはないし、かりにどこかがむずがゆくとも、背中のかゆい場所ですらきちんと説明できない者に、極端な前傾姿勢をとって上下左右が曖昧《あいまい》になった頭部に生じているかゆみの震源地を特定できるはずなどないのである。

ほとんど機械的な声で投げつけられるあの文句が、理髪師協会の内示によるものか、業界誌で紹介される新手の客寄せ術に学んだものかはべつとして、洗髪時に担当者の口から漏れ出る台詞と、料金を支払う際に勧められる紙臭いマイルドセブンが、かなりの数の店で共通した現象であることを私は苦々しく確認し、意味のない過剰なサービスに辟易《へきえき》するばかりだった。カットだけを頼むこともできるのだから、洗髪もなにもいらない、ただ髪を刈って欲しいと注文すればそれで済んだのかもしれない。けれども鏡を前にしたあの椅子の囚《とら》われ人には、そのひとことがどうしても口にできないのだ。かくて私は、客の髪を洗うまえに奇妙な台詞を吐いたりしない、無愛想で剛毅《ごうき》な幻の理髪師を追い求めるようになり、ようやく理想に近い店を探し当てたのが板橋のとある裏通りに構えていた理髪店で、そこでは洗髪のとき水まわりだけ集めた一角に据えられているタイル張りの洗面台までわざわざ中腰で移動するのだったが、あろうことか通いだして数カ月後につぶれてしまった。以来、異郷の郊外を歩いてふたたび気持ちのいい店に出会うまで、私は反床屋主義者を標榜《ひょうぼう》しながらも、意に添わないサービスにひたすら堪えていたというわけなのである。

＊

よく晴れて空気の澄みきった冬の日の午後、パリ南郊、ブール・ラ・レーヌのあたりをぶらついているときのことだった。広々とした空き地の片隅に、そこだけ何軒か石造りの一戸建てが肩を寄せあっている区画を発見した私は、なかでもいちばん小ぶりな、灰色がかった白い珪石《けいせき》の、屋根裏のある平屋に惹《ひ》きつけられた。最初に目にしたのは空き地の側からで、身ぐるみはがされた背中越しの景観は、撮影が中止された映画村のセットに似たわびしさを漂わせていた。表は石でできているのに、裏側の壁面は頼りない板切れが幾枚か重ねてあるだけの、はりぼてのようなたたずまいであることも、そんな印象をつよめる要因だったのだろう。通りにまわると、私が目を留めた家の入口には、そこが理髪店であることを示すくすんだ鋳鉄の看板が掲げられ、ドアのうえの門燈の両わきに、向き合って飛んでいる陶製の白い燕《つばめ》がふたつ飾られていた。なかを覗《のぞ》いてみると、主人らしい赤ら顔の老人が、腕を組んだまま私の苦手なあの椅子に身体をあずけて、同年配の男と話をしている。ガラス窓に張られた料金表の数字は、パリ市内の相場の三分の二に満たない額だった。

だが私の足を止めたのは、懐《ふところ》ぐあいを気にする必要のない安価な料金でもなければ、始末におえなくなっていた髪のせいでもなく、二羽の燕に護《まも》られたその家のなんともいえず愛らしい面構《つらがま》えだった。建物のある通りは、すきまだらけの低い板塀で囲まれた空き地の南端に接しており、数軒先には六階建ての古いアパルトマンが廃屋になって入口を封鎖されている。地域開発の波に乗れずにいるのがその一画だけだということは、べつだん土地の人間から説明されなくとも容易に看《み》て取れた。背中を無防備にさらした理髪店も、冷静に判断すればできるだけすみやかに建て替えた方が安全だと思われるほど老朽化していて、たとえばファサード上部の、猫の額ほどの軒下を横に走る雨樋《あまどい》は左端で朽ちるように折れ曲がり、ちょっとした雨で生じた小規模な鉄砲水がまっすぐに落ちて、壁に染《し》みをつくるか地面に穴を穿《うが》ちかねないようすだったし、雨樋にあわせて屋根までもが左に傾き、瓦《かわら》の一部は将棋の駒《こま》を乱雑に積みあげているかに見えた。店内が蛍光燈で均一に照らしだされている街なかの店とちがって、そこにあるのはごくありきたりな両開きの窓から差し込んでいる自然光だけで、客がいないせいか、室内燈はすべて消されている。

ともあれドアを手前に引いて薄暗い店内に足を踏み入れ、なにやら真剣に議論しているふたりの老人の目をこちらに引きつけると、服装から明らかに理髪師とわかるほうに、散歩していて偶然ここを通りかかったのだが、予約なしで刈ってもらえないかと控えめに打診してみた。老主人は呆《あき》れたように、いまやってくれと言うのならそれが予約じゃないかね、さあここに来なさい、千客万来だ、と言う。背もたれの部分に白い布はかけてあったが、案内されるまま腰を下ろしたいかにも時代遅れのその椅子は、床に固定してある基底部の重心がかなり前方に傾いていて、背中を反らさないと鏡のある方へ身体がつんのめってしまう。主人は窓際《まどぎわ》の椅子に腰かけている御隠居と相変わらず話をつづけながら、湯に浸したあとわざと絞りを甘くしたタオルを用意し、それで髪を包んで湿らせるのかと思ったら、ボール状にグチャグチャまるめて、側頭部から満遍なくビシャッビシャッと打ちつけるのだった。その力が存外つよいので、母国でならどこか離島の理髪店でしかお目にかかれないような、上げ下げも手動のギアで行う椅子に座って神妙にしているじぶんの顔が、鏡のなかで左右に激しく揺さぶられるさまを追わなければならない。

どんな髪型にするかねと訊ねられて不意に視点の定まった私は、申し訳ないけれど床屋が苦手なので手早くすませてほしい、へんな細工はせずに真ん中で自然に髪が分かれるよう、ぜんたいを短くしてくれれば結構だからと説明し、前髪はこのくらい、耳のうえはこのくらいと、じっさいに手を添えてことばの貧しさを補った。なんとね、と老人は声をあげ、話し相手に向き直ると、おい聞いたかね、床屋に入ってきて開口いちばん床屋が嫌いだなんてのたもうた客ははじめてだ、このムッシューは床屋が嫌いなのにわしの店に入ってきたんだそうだ、と笑った。

主人は髪を切るのではなくそぎ落とす機能に徹した、剃刀《かみそり》みたいな道具を軽快にあやつって髪をどんどん短くしていくのだが、両腕の自由を奪うあのビニールのポンチョふう拘束衣などこの世に存在しないとでもいうように、ごわごわした小さなタオルを肩に掛けただけで仕事を進めるものだから、首と言わず肩と言わず、切り落とされた髪が衣服のあいだに滑り落ちてちくちくと肌を刺し、さらには首筋の産毛《うぶげ》を石鹸《せっけん》もつけずにじょりじょりと剃《そ》るせいで、やがて熱を持ったしつこい痛みまで走り出した。慇懃《いんぎん》にすぎる東京の床屋の、あの受け身の屈辱がなつかしくなるほどに、それは驚くべき粗暴な歓待であった。

めでたく終了を宣言されてから検査してみると、耳のうえの髪が左右不均衡であることが判明し、私は再度のそぎ落とし作業を堪え忍んだあげく、ようやく放免されたときにはみごとに髪がなくなって、茹《ゆ》で卵の上部に焼きのりでも貼《は》り付けたような顔になっていた。文句を言う気力すら残っていなかったので、予想していたより短いとだけ伝えたが、老人は動じるふうもなく、そういうこともある、と応《こた》えるのだった。そういうこともあるとはなにごとかといきり立つ前に私は笑い出してしまい、床屋嫌いの根拠が、わずか数十分でことごとく覆《くつがえ》されてしまったことに、不思議な感動を味わっていた。

むかし近所の知り合いが日本人女性と結婚して、その息子の髪を何年か面倒みたことがあるんだ、あんたの髪はその男の子とよく似た腰のない黒髪だよ。一度だけ中国人の髪を刈ったことがあったが、あれは一日経《た》ったバゲットみたいに固かった。顔だけじゃ区別はできんが、髪の毛を触ればあんたが日本人であることくらい、すぐにわかるさ。そう言って主人が胸を張るので、たしかにじぶんは日出《いず》る国の人間だが、髪の毛の硬い柔らかいは民族によるものではなく個人差だと思うと反論したのがきっかけで、これまでついぞ経験したことのない床屋での会話が成立した。主人は客の国籍を当てたことがよほど嬉《うれ》しかったのか、俄然《がぜん》口が滑らかになり、裏の空き地には大型スーパーができることになっていて、この建物の大家も取り壊しに同意し、つまりはじぶんも立ち退《の》きを示唆《しさ》されているのだと教えてくれた。そこは老人の持ち家ではなかったのである。店がなくなったって暮らしは成り立つだろうがね、出て行くのを渋ってるのは、いろんな思い出があるからだよ、建物が変われば人も街も変わる。この一帯だけ生きながらえたところで、好きな街は消えたも同然だ。路頭に迷うって言いまわしがあるだろう？　人間が道に迷うのは、ビルがひしめく街なかでも、原生林のなかでもなくて、丸裸にされちまった土地でのことだよと、主人はそんなふうにも言うのだった。

三軒隣りの家はすでに住人が引き払っていて、いつになるのかは未定だけれども、まちがいなく取り壊される手筈《てはず》になっていた。入口が封鎖されてからは宿なしの連中が住みつき、ガスも電気も水道もない部屋で生活していると御隠居は解説する。なかには見覚えのある顔もいて、べつに悪さをするわけでも、騒音を立てるわけでもないので、周りも知らぬふりをしているらしい。いまの私なら、多少の危険をも覚悟のうえでその空き家を探索してみるだろう。しかし当時はまだ珪石でできたパリ郊外の一戸建てにさほど執着してはいなかったし、おまけに剃刀負けした首筋に感ずる痛みと、細かい髪の毛がささってむずむずする皮膚のかゆみを必死でこらえていたそのときの状態では、縁もゆかりもない異国の郊外の一軒家がたどりつつある運命を嘆く余裕などなかったのである。

豪放な、ということはつまり適度以上に乱暴で、失敗をものともしない鋏遣《はさみづか》いと、主人がこちらの反床屋主義を微笑《ほほえ》みながら理解し、ともかく仕事のあいだはよぶんな話をいっさいしないでくれることに救われて、私はそれからこの店で髪を刈ってもらうようになった。二カ月に一度、どうかすると三カ月ほど間があくこともあったのだが、ふとその気になって出向けば予約なしでいつでも受け入れてもらえたから、休業日に当たらないかぎり散髪の決意を反故《ほご》にする必要はなかった。

＊

白い燕が飾られたその一戸建ての理髪店の周辺が、とつぜん抗しがたい磁力をともなって目の前に立ち現われてきたのは、一年近く経過した秋の夜、ジョルジュ＝オリヴィエ・シャトーレイノーという、林間の空き地に建てられた館《やかた》の主を連想させる名前の作家が記したエッセイ集、『運命《ラ・フォルチュヌ》』に触れたときのことである。一九八七年の刊行だからそれほど古くもないのにゾッキ本扱いされ、ただ同然で放り出してあったその本をヴァンヴの古物市で拾いあげ、なんの気なしにぱらぱらめくっていると、なかに「セラミックの燕」と題された章があり、そこには著者の父方の祖父が所有していた石造りの一戸建てに寄せる想《おも》いが、短いながら暖かい血の通った文章で述べられていたのだった。「馬鹿にしたければしてくださってけっこう、とにかくわたしにとって、ガレージとあずまやにわきを支えられ、陶製の燕で飾られている郊外の一軒家は、エデンの園の中央に建っていたのである。アダムが追い出されたのはこの隠れ家であり、彼が胸ひき裂かれるような郷愁を抱きつづけていたのもこの家なのだ」。あずまやもガレージもなかったが、老人が護りつづけてきた白い燕のある理髪店は、彼にとってまさしくエデンの園に立つ生の基盤であっただろう。もっともシャトーレイノーの記述は、単なる追憶にとどまらない。たった一軒だけ残された家を、個人の思い出につながっているというだけでいたずらに美化することは避け、彼は郊外そのものを一種の聖なる共同体と見なしているのだ。「世界の海緑色の大洋のうえに、永遠《く》に舷舷《げんげん》相接した不動の小型艦隊たる一戸建ての立ちならぶ郊外には、なにかしら久遠《おん》の、神聖なものがそなわっている。本物の自然の粗暴さから遠く離れて、都市のみだらな雑踏から遠く離れて、また『悪』から遠く離れて暮らすべき場所は、そこなのである」。

ブール・ラ・レーヌの建設用地の片隅で結束をかためていたあれらの家々は、まさしく「不動の小型艦隊」だった。コンクリート化が進行する周囲の景観のなかでは、書き割りと間違えられるほどに現実味を欠いているものの、それが非現実に近いだけにいっそう神聖さを増していたこともまた事実なのである。シャトーレイノーが幼少時を過ごした祖父の家は、エッソンヌ県のサント・ジュヌヴィエーヴ・デ・ボワにあって、彼は毎年、療養のためにそこで「ひとつかふたつの季節を過ごしていた」。「セラミックの燕」が収められている『運命』は、大雑把に分けると前半が表題作の「ラ・フォルチュヌ」、後半がアンリ・トマやビオイ＝カサーレス、ジョージ・オーウェルの作品評で構成された統一感のない雑文の集成で、問題の一文はやはり前者に属しつつ、長じてのちそうした夢想を糧《かて》とする作家たちに親しむことになる少年の、感性の核を保証するものとして読むことができる。

……するとわたしは、いつもの屋根裏部屋や、北米産の松材でできた整理ダンスのうえに置いてある石膏《せっこう》の犬の貯金箱や、こちらは本物の雌犬である「甘ったれのユペット」と再会するのだった。撫《な》でてくれと頻《しき》りにおねだりするので、わたしは毎朝、彼女の一日のために、百回ずつ撫でてやった。親しいサクランボの木、スグリの木、ロカイユに井戸、日当たりのいい台所。そんなものとも再会を果たしたのだが、祖父が駅に出かけたあと、台所には焼いたパンの匂いが漂っていたものだ。おばちゃんは、わたしのパンにバターを塗りながら、若い頃のとんでもないお話を聞かせてくれた。ユーラシア人たる彼女は、アジアを縦横に渡り歩き、その道々、エキゾチックな、数限りない蛮行を目撃したのである。サント・ジュヌヴィエーヴで見出《みいだ》したのは、安定した温良な世界であり、その世界はこうした物語や父の捕虜生活の逸話のおかげで、わたしにとってなお貴重なものとなっていた。

シャトーレイノーの一戸建ては、世の悪意から少年のこころを保護する善意の砦《とりで》だった。この一節に耳傾けながら私が想い浮かべていたのは、むろん持ち家ではなく借家であったわが理髪店の来し方行く末である。店の来歴についても、また老人の身の上についても私はほとんど訊《たず》ねてみなかったし、それどころか、ずっと気にかかっていた門燈の守護神である陶製の燕の由来についても質問したことはなかった。床屋で余計な話はしないという誓いは、相変わらず破られていなかったのである。けれどもシャトーレイノーの文章を読んで、はじめてその禁を犯したくなった。あの石造りの家がいつから建っているのか、老人が入居した当時から燕は飾られていたのか。すぐにも確かめに行きたい気持ちを、しかし私はアイロンのかかったハンカチを丁寧に畳むようにして鎮《しず》めた。散髪するにはまだ髪が短かすぎたのだ。あとしばらく我慢して店に出かけたら、そのときさりげなく訊ねてみよう。じつを言えば、シャトーレイノーのエッセイで感心したのはあの章だけで、それほど無邪気にもちあげるべき作家かどうか判断しかねていたという事情もある。せめて裏表紙で宣伝されている、まだ読んだことのない一九八二年のルノードー賞受賞作《*La Faculté des songes*》を開いてからでも遅くはないと判断したのだった。

いくつか書店を当たったが見つからず、そこまですることはないと思いながら版元まで出かけて入手したその小説をひと息に読んで、私は報われたと思った。物語の主人公は、郊外に移転する大学理学部の建設用地の中央で、将来事務所代わりに使われるべく放置された、石造りの一戸建てだったのである。生活のために仕方なく肉体労働にいそしみ、パリの安ホテルで暮らしているカンタン、動作ののろさと、夢見がちな性格のために「重い頭」とあだ名をつけられた、孤児で大蔵省官吏のマノワール、祖父母が残した郊外の家から高速道路建設のために追い出された、図書館司書にして詩人のユゴー。それぞれの不遇と孤独をかこちつつ見えない糸に導かれるかのように彼らはこの廃屋に惹《ひ》きつけられ、奇妙な共同生活を開始する。だから本書の《Faculté》は、夢の「能力」ではなく夢の「学部」の謂《いい》なのだ。彼らは三者三様の夢を抱えてここに集まってきたのであり、最後に加わった歌手志望のルイーズという若い女性も、夢の学部で学ぶにふさわしい人物だった。じつはルイーズこそ、十年以上前にこの家で幸福な日々を過ごしていた少女の成長した姿で、大人の世界に行きづまった彼女は、幼い頃の思い出に浸された場所へ舞い戻ってきたのである。四人はやがて離散するが、物語の中心をなす家にまとわりついた、どこかかりそめの、それでいて落ちつきのある空気は、私を反床屋主義から転向させた老人の店にそっくりだった。わずらわしい髪とシャトーレイノーの本を抱えて再び老人の店に出向いたのは、それから二カ月半ほどしてのことである。だがそこに出現したのは、ゆるやかな時間が流れていたあの石造りの平屋ではなく、土埃《つちぼこり》の舞う更地だったのだ。残り少ない建物の骨格を、荒々しい動きで左右からつき崩す機械の腕が、いつのまにか濡《ぬ》れタオルで私の頭部を翻弄《ほんろう》した老人の手と重なり、ショベルが揺れるたびごとに、こめかみに陰《いん》鬱《うつ》な振動が伝わるようだった。

こころひそかに《つばくろ館》と呼んでいたあの店が、スーパーマーケットの建設予定地にすっかり吸収されたのを見届けると、私は工事人が引き払うまで近所のカフェで時間をつぶし、夕方こっそり敷地に忍びこんだ。そうしてライターの明かりを頼りに、私を魅了してやまなかった白いセラミックの燕《つばめ》を瓦礫《がれき》のなかに探ってみたのだが、どこに飛んでいってしまったのか、小さな破片すら見つけることはできなかった。

ボトルシップを燃やす

昭和三〇年代半ばに建てられたというその鉄筋コンクリートの建物は、当時私が住んでいた地方ではまだめずらしい形式の、住宅を兼ねた事務所で、急な坂道をのぼりつめた高台に聳《そび》えているせいか、木造家屋がぽつぽつある程度の平らかな町並みのなかでひときわ目立つ存在だった。壁面は吹きつけやタイル装ではなく、波状の鉄板が羽目板のように張られている特殊なものだったが、濃い黄土色のペンキで塗られたその壁には、雨水でできたらしい赤錆《あかさび》がところどころ浮き出していた。坂道との高度差をうめる数段のステップをあがった事務所のドアが両開きだったので、それが開閉するたびにちらりと見える、モダンな革のソファーなんぞをそろえた洋風の内装がひどく新鮮だったのだけれど、物ごころついた時分から私の夢を駆り立てていたのは、最上階、といっても三階にもうけられた広いバルコニーで、一日じゅう遊び惚《ほう》けて坂の途中にある家に戻るときどうしたって見あげることになる空の一角を、ペンキの剝《は》がれた巨船のごとく領したその建物の甲板に、時おり大きく風を孕《はら》んだシーツの帆が翻《ひるがえ》っているのだった。

この建物に事務所を置いていた会社が、郊外に新しく引かれたバイパス沿いの敷地に工場もろとも移転したのはいつのことだったか。ともあれ社長も住んでいたらしい大型帆船は、積み荷をすべて下ろして坂の上にぽつんと係留され、私が愛したあのバルコニーに波打つシーツも見られなくなってしまったのである。ところがそれから半年ほどして、ある人がそこを買い取り、どうやら喫茶店を開くらしいとの噂《うわさ》がひろまった。やがてその噂を追いかけるように業者が現われ、事務所と倉庫に使われていた一階部分を車庫に、住居だった二階部分を店舗に改装し、坂をのぼりつめた突き当りのT字路から客が出入りできるよう簡易アパート風の鉄製階段を取り付け、経営者一家の生活空間として三階にも大がかりな修復をほどこした。市街地から離れているうえに駐車場もなく、平日の昼間にやってくる客などほとんど期待できないような場所に、いったいどんな算段をして店を出す気になったのかと誰もが不可解に思っているうち、開店記念のつつましい垂れ幕が出て、小さな店はふだん町内会で顔をつきあわせている連中で満員になるという、上々の船出を果たしたのだった。

だがほっとしたのもつかの間、数カ月もたたぬうちに客足がとだえて、日曜日の午後にすら誰もいない状況に追い込まれ、ある晩、一家全員、忽然《こつぜん》と姿を消してしまった。少年の私がその店に入ったのは、父親に連れられて出かけた開店の翌日だけで、粗品にもらった模造大理石の灰皿と、カウンターの端に飾られていた立派なボトルシップを交互にながめながらホットミルクを啜《すす》ったのが最初で最後となった。わが巨船は、こうしてふたたび乗組員を失ったのである。

＊

差し押さえが入って窓と出入口が角材で十字に封鎖されたその建物の、表の坂道からは見えない車庫の北側にある天窓に鍵がかかっておらず、子どもひとりなら放置されたプロパンガスのボンベを足場にしてなかに入れることを発見したのはNだった。線が細く、いつも蒼白《あおじろ》い顔をしているNはひとつ年上で、近所に住んでいたから登下校でいっしょになることもあり、歩きながら話をする程度には親しかったのだがそれ以上のつきあいはなく、その冬の日、おまえの家の近くの、まえに喫茶店が入っていた空き家を探検しないかと誘われたときには、だからなんと応《こた》えていいのかわからなかった。数日前に先の天窓を発見して車庫を覗《のぞ》いてみたところ、奥に階段があって、どうやらそれが店と住居に通じているらしい。まだ商売道具くらいは残っているかもしれないと言うのである。

私はNの誘いに乗った。もちろん戦利品目当てではなく、この機会を利用してあのバルコニーにあがってみようとたくらんだのだ。私たちは建物の北側の、長屋の塀と接した細い溝のうえを歩いて天窓の下まで移動し、ガスボンベを踏み台にして四角い小さな穴に手を掛けると、攀《よ》じ登るように身体をつっこんで、順々に飛び降りた。車庫のなかは、古タイヤや灯油缶がつまれた棚のわきの階段から降りそそぐ午後遅い陽光で、ほんのりと明るんでいた。靴音をたてないように爪先立ちで階段をのぼるとそこはカウンターの裏手で、店内を見渡すと、テーブルや椅子はもとのままに残されていたが、床には誰かが争ったあとみたいに灰皿やメニューや紙ナプキンが散乱し、窓《まど》際《ぎわ》に飾られていた細い陶製の花瓶も落ちて砕けていた。

Nはさっそく調理場のなかを物色し、棚からこまごまとした品を引っぱり出してきた。レジスターのレシート・ロール、注文票の束、ステンレスのミルク入れ、耐熱ガラスのコップ、金色のティースプーン。私はといえば、ホットミルクを飲んだ日とおなじ座席に腰を下ろして、往時の賑《にぎ》わいを思い出しながらただぼんやり視線をめぐらしていたのだが、そのときふと、カウンターの隅に、全長五十センチはありそうなあのボトルのなかで白い帆を張った、壮麗な帆船が残されているのに気づいた。近寄ってみると、埃《ほこり》を少しかぶっているだけで傷ひとつなかった。なぜこれを運び出さなかったのだろうといぶかりつつ、私は手の込んだ精巧なオブジェを持ちあげてつくづくと眺め入った。いまこの廃墟《はいきょ》からなにかを奪い去るとしたら、輝かしい船を閉じこめたボトル以外にないだろう。しかし家に持ち帰れば親に詰問《きつもん》されるにきまっているし、そもそもあの天窓から壊れやすい飾り物を無事に救出するのは不可能に近かった。おまけに私の目的はべつのところにあったのだ。ボトルを静かに元の位置にもどすと、がらくたの仕分けに熱中しているNに断りを入れて、私はひとりで三階にあがった。意外なことに、建物の外観からてっきり洋間だとばかり信じていたその空間は、八畳の和室をふたつつなげた宴会場のような造りで、板敷きの部屋は、奥の間の、階段側から見て右手に隠れていた。つまり長方形のフロアを廊下のない三つの部屋が鉤形《かぎがた》に占拠し、欠けている一齣《ひとこま》がバルコニーになっていたのである。

憧《あこが》れの甲板へは、手前の和室の、ガラスと窓枠の隙間《すきま》に白い練り物がつめてある重い引き戸と、洋間のドアの、両方から出られるようになっていた。がらがら音を立てるのが恐かったので、私は洋間の方から半身になって外に足を踏み出し、身体がすっかり抜けると、うつ伏せに身を隠した。物干し竿《ざお》が二、三本と水色のポリバケツがひとつ転がっているだけで、帆のようにふくらむ真っ白なシーツなどもちろんありはしなかったが、手すりのあいまから覗いてみた眼下の光景は、隅から隅まで知っていると思っていた親しい町とはまるきり異質なものだった。視点の高さが町の相貌《そうぼう》を一変させ、バルコニーは瓦屋根《かわら》の波打つ海原とその先にならぶ小山の群島をとらえる巨船の操縦席に変容して、ますますこちらの夢想を駆り立てるのだった。

どのくらいそこにいたのだろう、かすかに呼ぶ声がして二階にもどると、大きな包みを抱えたNが、車庫に下りようと言う。Nが手にしているのは、業者に発注して受け取ったまま開封していない、片仮名三文字の店の名が印刷された大量のマッチ箱だった。透明なビニールでパックされた箱の数はゆうに五百個以上はあったろうか。Nについて階段を下りると、天窓からの光はもうほとんどなくて、車庫は灰色の闇に溶け込み、コンクリートの床に冷えた空気が流れて、吐く息が白く見える。Nは床の中央でしゃがみこむと、包みをあけて箱の中身をばらし、頭の部分がうまく重なるように工夫しながらそれを積みあげはじめた。

手伝えよ、早く、見つかるとまずい。

妙に険しい語気におされて、それをどうするのかとも訊《き》かずに、私は床に散らばった箱から中身を引き出し、大急ぎでマッチの蟻塚《ありづか》つくりに参加した。まるで限られた時間内にやり終えてしまわないと、なにか大変なことが起きるとでもいうかのように。

＊

一九〇二年、ウラジミル・クラウディエヴィチ・アルセニエフは、シベリア極東部、ウスリー湾に面するシュトコボ村近辺の軍事調査と、その近隣の四つの川の水源となるダジャンシャン山脈、そして丸みのある逆三角形のハンカ湖周辺、さらにはハバロフスクからウラジオストクにいたるウスリー鉄道付近の地理測量を命じられ、六人の隊員と四頭の馬を従えて現地入りした。数日後、予定通りダジャンシャンの山中で野営しているとき、一行はひとりの猟師に出会う。中背だが精悍《せいかん》な体つきで、優しい目をしたその男は、鹿革《しかがわ》の服をまとって鉢巻きをし、長い杖《つえ》と旧式のベルダン銃を携え、大きな荷物を背負っていた。名前はデルス・ウザーラ。タイガで狩猟生活をつづけてきたこのゴルド族の猟師とアルセニエフは、次第に深い友情で結ばれてゆく。厳しい自然のなかで、デルス・ウザーラはまたとない道案内だった。足跡から獣の種類や年齢をぴたりと言い当て、樹皮のはがされた立ち木から山小屋の存在を推察し、太陽や月や薪の火を「人」と呼んで敬い、鳥たちの動きで大雨を予測した。無人の山小屋を使ったあとは、後から来る人間のために乾いた薪やひと握りの米を残した。人間愛に満ちたこの猟師に、アルセニエフは深くこころを動かされる。四年後の一九〇六年、そして翌一九〇七年に行われたシホテ・アリン山脈とオリガ湾以北の調査の際にも、アルセニエフは奇跡的にデルスと再会し、行動を共にしている。デルスはもははや探検隊に不可欠の存在だった。食糧が尽きて極度の飢餓に陥ると、なめした鹿革を麺《めん》のように細く切り裂き、ながい時間をかけて茹《ゆ》でた代用食や、熊の食べ残した魚の頭で一行の腹をごまかし、詐術《さじゅつ》と欲得におぼれた部族の蛮行に怒り、出くわした虎《とら》と話をした。射撃の腕前は、相変わらず百発百中だった。

だがそんなデルスにもやがて老いが訪れ、なによりも大切な目がきかなくなる。引退しようにも、妻と子どもをみな天然痘で亡《な》くしたデルスには身寄りがなかった。いったんはハバロフスクのアルセニエフ宅に迎え入れられるが、水や薪にまで金を払う都会の生活に我慢できず、ふたたび森へ帰ることを決意する。そして懐《なつか》しいタイガへの帰途、銃を狙った追い剝ぎに襲われ、命を落としてしまう。報を受けて現場にかけつけたアルセニエフは、みずから墓を掘って友に永遠の別れを告げるのだが、何年かのちにその場所を訪れてみると、開発が進んで村ができ、墓はあとかたもなく消えていた。

探検記とも伝記ともつかないアルセニエフの『デルス・ウザーラ』を、私は一九七五年に出た文庫本ではじめて読んだ。言うまでもなく、これはその前年、黒澤《くろさわ》明がモスクワ資本で完成させた映画の原作という触れこみで、表紙にスチール写真を配して刊行されたものである。訳者加藤九祚《きゅうぞう》氏のあとがきによって、本書がアルセニエフの手になる『ウスリー地方探検記』と『デルス・ウザーラ』の二冊から、デルスに関係のある部分だけを抜粋した抄訳であり、完訳に近い業績としてすでに長谷川四郎の仕事があると教えられた。これも映画公開を睨《にら》んでのことだったろう、じつはその版もべつの出版社から復刊されていたらしいのだが、そんなことを知る由《よし》もない私は、ただ長谷川四郎という涼しげな名前のみ記憶に留めて、この縮訳版の世界に夢中になったのである。

ところがどうしたものか、黒澤の映画の方は見逃しているのだ。実際にその七十ミリに接したのは、よほど経《た》ってから、片田舎の公立中学が恒例の文化行事にしていた粗末な体育館での「映画鑑賞」の席だった。この作品が演目に選ばれたのは、雄大なシベリアの自然と男の友情という、公開当時あまりかんばしい評価を得られなかった過度にヒューマニズム的な側面が、教育の場では役立つと考えられたからだろう。しかし企画者の意図も、映画史的な評価も、私にはどうでもいいことだった。筋書きや役者たちの演技に多少の作為が見えたにせよ、原作のきわめて忠実な映像化であることにはまちがいなく、そしてその原作を何度も読み返した人間にとってはまことに興味つきないフィルムではあったのだ。

ウスリー地方を周った一九〇二年の探検でハンカ湖を目指したとき、流木が多くて危険なレフー川の遡行《そこう》を目的地までわずかのところであきらめたアルセニエフは、隊員たちと別れ、デルスとふたり、徒歩で湖に向かう。朝十時に出発し、夕方には戻る計画だったから、野営に必要な品はいっさいテントに残しての軽装だった。万一に備えてアルセニエフは綿入れの上着を着こみ、デルスは厚手の布と毛皮の長靴を二足携えたが、これがのちに大きな役目を果たすことになる。

鳥たちの様子から天候の変化を予知していたにもかかわらず、デルスは隊長の意に従って歩きつづけた。だが案の定、ほどなくして空は重い雲に覆《おお》われ、あわてて引き揚げを決めたときには、いちめん葦《あし》の沼沢地《しょうたくち》で方角を見失っていた。風がぴたりと止《や》み、それから雪まじりの烈風がふたりを襲う。あたりには一本の灌木《かんぼく》すらなく、身を隠す場所も暖をとる薪もない状況での吹雪との遭遇は、そのまま死を意味していた。幾多の試練を乗り越えてきたはずのデルスが、恐怖におびえながら叫ぶ。「隊長、わしら、一生けんめい働く、よく働かないと、わしら死んでしまう、急いで草切る」。まさに時間との闘いだった。刈った草をどうするのかそれを問う暇もなくひたすら働きつづけ、寒さと疲労で気を失ったアルセニエフの身体に、デルスは持参していた布切れをかけ、その上に葦の束を乗せて紐《ひも》やベルトでしばりつけると、円形に刈り残しておいた周囲の葦に結んでぜんたいを補強し、即席の小屋をつくった。吹き付ける雪で葦が固まれば固まるほど、内部が温かくなってくる仕組みである。小屋が安定すると、デルスはアルセニエフの横にすべりこんで穴を塞《ふさ》ぎ、日の出を待った。翌朝、天気はみごとに回復し、彼らは救助に駆けつけた隊員たちと無事に合流する。

判断を誤って危険を招いたアルセニエフの命をこうしてデルスが救い、彼らの絆《きずな》は絶対のものとなる。どんなふうに撮影したのか、一寸先も見えない吹雪のなかデルスが修羅のごとく立ち回って葦を刈る場面の迫力はかなりのもので、厳寒の光景にのまれて私は脱いでいたコートを思わず羽織ったほどなのだが、その寒い寒い画面に葦を積み上げていくふたりの姿を見ていたとき、Nとマッチの塚をこしらえた日のことが、ふいに蘇《よみがえ》ってきたのだった。もちろん私たちのあいだにあったのは、規模はどうあれ暖かな炎であり、凍《い》てついたシベリアの葦でつくった小屋とはなんの関係もない。車庫のなかの切羽つまった悪ふざけに、アルセニエフとデルスの共同作業へ繋《つな》がる要素があるとしたら、それはあの日から一年も経たぬうちに、Nが死んでしまったということだけだ。記憶の底に沈んでいたNとの夕刻が、肌寒い体育館でこんなふうに呼び覚まされたことに、私はなんとはない戸惑いをも感じていた。見つけなくてもいいものを見つけたと言おうか、出てくるはずはないと信じていたなにかが戻ってきたような居心地の悪さが胸のうちに巣くって、映画を観たあとしきりに彼の顔が目に浮かん

だ。Nが生きていて、この映画の、ハンカ湖の嵐《あらし》の場面を観たら、私とおなじように
あの日の情景を思い出しただろうか。
映画の後半、結末も近くなったあたりで、デルスがジャコウジカを撃ち損ね、それが信じられずに再度狙った樹木の標的をもはずして打ちひしがれる場面があった。視力の衰えを悟ったデルスは、アルセニエフにすがりつくように言う。「まえ、誰も最初のけもの、見つけない。わし、いつも一番に見つける。わし、射つ、いつもけもの上衣《うわぎ》に穴つくる。わしのたま、はずれたことない。今、わし、五十八歳。目、わるくなり、見ることできない。ジャコウジカ、射つ、あたらない。木、射つ、これもあたらない。中国人のところ、いきたくない。あの人たちの仕事、わし、わからない。これから、わし、どうして、暮らす?」
取り乱したデルスに、アルセニエフが応える。「大丈夫だ、心配するな、おまえは私をいつも助けてくれたし、何度も困難から救い出してくれた。おまえには、借りがある、いつでも私のもとで宿とパンを見つけることができる」。するとそれまで都会を拒みつづけてきたデルスは、地面に膝《ひざ》をついて礼を述べ、さらに懇願するような口調でつづけた。じぶんは若い頃、ある中国人の古老から朝鮮人参《にんじん》の探し方を教わった。そして教えの通りその高価な薬草を発見したが、売らないで株のままレフー川の上流

の、人里離れた山中に運んで植えておいた。十五年前、最後にその秘密の人参畑を訪れたときには、順調に育っていて、ぜんぶで二十二本になっていた。いまでも残っているかどうかはわからないけれど、なによりも大切にしていたその宝の畑を、隊長、ぜひあなたにあげたい。アルセニエフはデルスの願いを素直に受け入れ、春になったらいっしょに探しに行こうと約束する。だが約束を果たす前に、デルスは殺されてしまったのだ。ハバロフスクの家で暮らしていた頃、アルセニエフは、デルスの話をもとに詳細な地図を書き留めておいたらしいのだが、それも第一次大戦を境に失われてしまったという。稀有《けう》な友人が誰にも言わずにいた朝鮮人参のありかは、ここで完全にわからなくなったのである。

しかしその畑は本当に存在したのだろうか。二十二株の朝鮮人参はデルスの夢のなかに自生する幻であって、現実には見つかるはずのない聖域だったと、どうして言えないことがあるだろう。夢は夢を紡《つむ》いで群生し、やがて否定しようのない実在感を獲得する。こちらから望んだわけではないにせよ、黒澤の映画が引き出してくれた遠い日の一場も、デルスの脳裏に根付いた朝鮮人参の畑のように、Nの死を知っている私が記憶の奸策《かんさく》にはまって事後的に色づけした幻ではなかっただろうか。

＊

白く細い棒がかなりの山を築きあげると、Nはそのうちの一本を擦って火をつけ、塚の基底部にそっと差しこんだのだった。種火はしばらくくすぶったあと他の火薬に移り、不規則な間隔でしゅうっと音を立てながら、休む間もなく炎を垂直に押しあげていった。車庫の暗がりに大きな炎があがって工具棚を照らし出し、その光を食い入るように見つめているNの野球帽の庇《ひさし》が、灯油缶の影とおなじ濃さで頬に隈《くま》をつくっている。ゆらめいては消え、またゆらめいては消えるマッチの不安定な炎に宿った影の振幅はひどくしなやかで、幻燈を見ているようだった。

ところが、何度も消えかかっては息を吹き返す炎がいくらか下火になりかけたところでNはすっと立ち上がり、なにも言わずに店にあがると、驚いたことに、カウンターで座礁《ざしよう》していたあのボトルシップを運んできたのである。炎は一挙に鎮静化して、大事に至る危険はもうなくなっていたが、おかげで車庫はさらなる闇に包まれ、階段から下りてきたNの顔もうっすらとしか見わけることができない。探検をお開きにするために、せめてもの戦利品としてその帆船を取りに戻ったのだとばかり思っていると、彼はゆっくり私に近づいて、かすかに微笑《ほほえ》みながら、今度はこれを燃やそう、と言うのだった。

燃やすってなにを？

船さ、船を燃やすんだ。

置き去りにするくらいだから店主がじぶんで組み立てたのではなさそうだけれども、誰かが気の遠くなるほどの手間をかけて完成させたその美しい船をなぜ燃やす必要があるのか。とはいえ観賞してくれる客のいなくなった船がこんな場所で朽ちていくのを想像するのも辛《つら》いことだった。なにをどう言うべきかわからずに黙っていると、その反応を了解と受けとめたのか、Nはいっしょにくすねてきたフォークの先でボトルの口をこじ開け、細く透明な首の部分から竹製のマドラーを操って、船底を支える木の土台にマッチを一本ずつ送りこんでいった。幽閉された船に不可能な火を放つという行為の甘美な残酷さに、いつしか私も心を奪われてしまったらしい。気がつくと、暗がりで難航しているNの作業を助けるため次々にマッチを擦り、手元に明かりを供給していたからである。白い火薬が葱坊主《ねぎぼうず》のようにくっついている細い棒を、息をつめてガラスの中に差し入れるその作業は、破壊ではなく、あらたな製作工程のひとつであるかに見えた。

鎮火していたマッチの塚を平らにならしてそこにボトルを置くと、Nは小さな火を静かに内部へ導いていった。ぎくしゃくした炎がしばらく揺れたあと、突然、明るい橙色《だいだいいろ》の花弁が船を両側から包みこみ、真っ白なはずの船体が濃い黄色に浮かびあがった。海を知らない帆船が急ごしらえの芯《しん》となったランプは、暗く冷え切った車庫の中心でこの世のものとも思えぬ光を放ち、その火はシベリアの奥深いタイガで野営するアルセニエフ隊の焚《た》き火のように穏やかな宗教性すら帯びて、吸い付かんばかりに船を見つめているNの顔をほんの一瞬ゆらゆらと照らし、崩れて行く船の周囲にあるはずのない風が立ち騒いで夢のバルコニーに張られたシーツの帆をはためかせ、消え入る寸前に、持ち主から二度も見放されたこの建物を遠い沖へと運び去って行った。

音の環《わ》

誰も座ろうとしないカフェのテラスに陣取った私の前を通り過ぎていくわずかな人むれのなかにも、萎《な》えた足をかばうようにすり足で歩いて行く老人の姿がちらほらと見える。寒空の下で、厚手の外套《がいとう》を羽織った老人たちは、高い石塀に囲まれた由緒《ゆいしょ》あるホスピスにむかって慎重に歩を進めているのだった。塀のうえにのぞいている葉をすっかり落とした木立ちの、引き締まった梢《こずえ》のあたりに靄《もや》がかかって、空はもう彼らの足に負けないゆるやかな速度で夜に取りこまれようとしていた。

その年の冬、母方の祖母が他界し、ほぼ半年後の、夏を迎える直前に、今度は実家で同居していた父方の祖父が亡《な》くなった。父親は十歳で母を、母親は二歳で父を亡くしているから、私にとっての祖父母はひとりずつしか存在しなかったわけだが、そのふたりがいっときに消えてしまったことになる。祖母の具合が悪いのは比較的早くに知らされていてある程度の心構えはできていたのだけれど、十年以上ものあいだ寝たり起きたりの生活を繰り返し、そういう状態にあることが周囲の者にも当然の光景となっていた祖父の死は、どうしたものかまったく唐突に訪れたという感覚で私を打ちのめした。例外的に暑かった梅雨をしのぐのに持てる体力のすべて使い果たして、すうっと消え入るように逝《い》ったと国際電話で知らされながら、しかし私には帰国して葬儀に参列する余裕が、精神的にも金銭的にも時間的にもなく、じつに馬鹿げているとは思いつつ、一カ月のあいだ、酒も煙草《たばこ》もやらなかった祖父のために、このふたつの禁をおのれに課してささやかな喪に服したのである。三十代の後半に連れ合いを胸の病気で亡くしてからずっと独り身を通し、三人の息子を育てあげたのは立派だったが、定年前にとつぜん勤めを放棄して、誰ともつきあわずにぶらぶらするようになった祖父は町内でも評判の偏屈者で、趣味ひとつなく、友人ひとりなく、唯一《ゆいいつ》の話し相手といえば、遅くまで働かざるを得ない息子夫婦にかわって仕方なく世話する恰好《かっこう》になった幼い孫だけだった。

あれは小学校に入ったばかりの頃だろうか、その当時はまだ、灰白色に澱《よど》んだ川のむこうの、広大な敷地を占めているタイル工場で働いていた祖父が、手が空いたら窓から顔を出してやるというので、示し合わせた時間に自転車を走らせたことがある。大きな顔に似合わない作業帽をかぶった祖父が、道路に面している長くくすんだ壁の小さな正方形の窓から約束どおり身を乗り出し、こちらに手を振っているのを目にして得意の絶頂となった私は、そのまま余勢を駆ってずんずん先へ進み、のちに通うことになる高等学校の方へ急な坂道をのぼっていった。学校の東側にはささやかな葡萄《ぶどう》園《えん》を所有してワインなども作っている修道院があり、大戦前にはもう存在していたはずのその建物の周辺は、十四インチの自転車にまたがってようやく地面に足がつく程度の子どもの目には日常から遊離した異次元の世界だったのだが、あの日、息を切らして修道院を仰ぎ見たとき、鐘楼からポロポロとこぼれ落ちるような乾いた鐘の音が鳴り響いたことをよく覚えている。そのあと私は、敷地の裏手からのびている坂道を、町ぜんたいが見おろせる小山のうえの公園までのぼっていき、カーブが多いのにガードレールすらないその坂道を、額をハンドルに押しつけた低い姿勢で風を切りながら一挙にくだり、下までたどり着くと休む間もなくふたたび自転車を引きずって頂上を目指した。急な曲がりでついブレーキに手をかけそうになると、むかし米屋が配達に使っていたのとおなじ型のいかつい自転車の荷台に、ふたつ折りにした薄っぺらな座《ざ》布団《ぶとん》を紐《ひも》でくくりつけて拵《こしら》えた座席に私を乗っけて、いいか、ちゃんとベルトにつかまってろよと振り返らずに言い、この急坂を猛烈な速度で走り抜けた祖父の背中を思い出したものである。

そんなふうに自転車だけは誰にも負けないと豪語していた祖父が、十数年ののち、もう季節はわからなくなってしまった曇り日の午後、家のすぐ近くの平坦な舗装道路で、はいつくばるように愛車をひきずっているのに出くわしたときの私の驚きはいかばかりであったろうか。どうしても足が動かないのだといって辛《つら》そうにしていたそのときの状態が、たぶん発作の前触れだったのだろう。夕方近くに彼は家のなかで仰向《あおむ》けに倒れて、動けなくなったのである。狭い廊下の奥で横たわっているのを最初に発見したのは、私だった。まだ半分は残っている意識のなかで、それまでずっとじぶんが保護する立場にあった孫にむかって手を伸ばし、医者を呼んでくれとすがるように助けを求めたあのときの顔が忘れられない。駆けつけてくれた主治医の診断は、軽い卒中というものだった。いくらか回復すると、祖父はまたあちこち散歩に出るようになったが、たいてい足が途中で動かなくなり、与えられた杖《つえ》だけでは足りず、薄汚い電信柱に身体をあずけて息を整えるようなこともあった。そんな不思議な方法で休息をとっている老人の姿が人々の目にとまらぬはずはなく、顔見知りから、どこそこの電柱であなたのおじいさんが休んでいたと教えられることもしばしばあり、急いで探しに行くと、祖父は肩口を柱にもたせかけ、発作のあと開きぐあいが左右不均衡になった目を閉じて、半分眠りながら休んでいるのだった。私はなんとはない恥ずかしさに耐えつつ、疲れ切った祖父を抱えて家まで連れ帰ったものだが、いま目の前の、病院へのなだらかな上り坂をゆっくり歩いて行く老人たちの大儀そうな脚の運びを眺めていると、半年まえに消えた祖父の幻影になおのこと強く捕らわれるようだった。冷え込みが厳しくなるにつれて澄みはじめた稀薄《きはく》な大気をつたってくる鈍い車の音が、足場の悪い舗道に置かれた不安定なテーブルのうえの珈琲カップをかすかに揺らしている。カフェの前の通りは、冬場ですら明るく騒々しい南の海への夢を掻《か》き立てずにおかない国道七号線と合流しているのだが、私の頭にあったのはシャルル・トレネ歌うところのシャンソンではなく、しばらく前に、クレムラン＝ビセートルの駅のすぐ近くにある小さな書店の、ペーパーバックの回転棚で見つけてきた、ジョルジュ・シムノン『ビセートルの環』の一節だった。

外の物音からすると、夜はじき明けるにちがいない。大通りを行くトラックの数が増しているからだ。この通りはポルト・ディタリーを出て郊外をよぎり、国道七号線に通じている。コート・ダジュールへ行くために、彼はここを幾度となく通ったものだ。通りの名を知ろうという気には一度もならなかった。歩道に沿って、食料品だけでなく洋服の掛かった組立式の屋台も立つ市場の開かれるのが、毎日のことだったのか、それとも週に数回のことだったのかも、もう覚えていない。

だが大通りはすぐそこ、彼がいまいる病院から百メートル足らずのところにある。通りすがりによく、広い中庭を擁する灰色の建物に彼はちらりと目をやったものだ。門は兵営のように、制服姿の男たちが警備にあたっていた。彼はいつも、ここに入っているのは、老人や末期患者だけだと思っていた。中庭にひとりで、あるいは数人のグループをつくって静かに坐《すわ》っている彼らの姿が見えるのだ。そして、狂人の姿も。ビセートルは、養老院であると同時に、精神病院なのではないか？

新聞王と称され、パリ社交界の名士でもあるルネ・モーグラは、会員制サロン《グラン・ヴェフール》での会食中、脳血栓の発作を起こして意識を失う。季節は冬、二月初旬の水曜日。『ビセートルの環』は、言語障害と半身不随の危機に瀕《ひん》したモーグラが、病院のベッドのうえで目を覚ます冒頭の場面において、その階調ぜんたいが決定されている。深い眠りから覚醒《かくせい》した主人公と外界との再接触は、まず聴覚によってなされるのだ。

外界から彼に達した最初の信号は、環の形をしていた。音を発するいくつもの環がどんどん大きくなり、波の形になって、次第に遠ざかっていく。目を閉じたまま、彼はそれらの環を追いかけ、理解しようとした。すると、ひとつの現象に見舞われたのだ、ぜったいに、誰にも話す気になれないような現象に。環の正体がきちんと識別でき、それに微笑したくなったのである。

子どもの頃、彼はサン＝テチエンヌ教会の鐘の音を聞く習慣があった。そしてそれを耳にすると、青空を深刻げに指さして、言うのだった、

「環だよ……！」

これは死ぬ少し前に、母が話してくれたことである。彼はまだ「環《アノー》」という言葉が正確に発音できなくて、どうしても口のなかで「わ《ナノー》」と言ってしまうのだったが、なぜ鐘の音を環と表現したかといえば、それは鐘が空間に同心円を描くからだった。

五十四歳の男を襲った半身麻痺《まひ》の状態が、少年時代の遠い音を耳元に引き寄せる。身体が言うことをきかないときに聞こえてくる鐘の音。これはすでにモーグラにはなじみ深いもので、八歳のとき、学校から病院へ運ばれて盲腸の手術をしたあとにも、やはり「欠落感があり、ずいぶんたってから、口のなかで変な味がし、全身がだるく

なって、最後に、身体がふわふわしはじめると、親しい鐘の音の環が生じた」ことを思い出すのである。まだはっきりした意識が戻っていないと早合点してつい本音を漏らす友人たちの、自分勝手で思いやりを欠いた言葉に傷つけられ、このままベッドのうえであのなつかしい音の環を聴いていたいと願うモーグラのこころは、倒れた晩の様子から、ノルマンディー地方の漁港フェカンでの、早くに母親を失った貧しくみじめな少年時代の思い出へ、娼婦《しょうふ》のもとに通った青年時代へ、女優だった最初の妻との出会いへ、ふたりのあいだに生まれた足の悪い娘コレットへ、新聞社の秘書との浮気へと脈絡なしに遡行《そこう》し、記憶の波紋を徐々にひろげて現在時に舞い戻ってくる。

モーグラの意識の流れを追いながら、読者は、先妻とのあいだにもうけたひとり娘のコレットが現在三十三歳で、二人目の妻リナはこの娘よりも五歳年少であること、彼女たちがほとんど顔をあわせていないこと、夫婦のあいだもうまくいっておらず、リナがアルコール中毒気味であること、モーグラの母は第一次大戦前に死んだこと、父親は船の積み荷の勘定係で漁夫よりも実入りが少なかったこと、そしてモーグラその人は、ル・アーヴルでジャーナリストになろうとして果たせず、仕方なしにパリに出た落ちこぼれであり、きちんとした記事が書けなくて手を付けた芸能関係の雑文が予想外の成功をもたらしたことなどを知らされる。だが間歇《かんけつ》的によみがえるのは、苦々しい絵柄ばかりではない。甘美な耳の記憶もまた発動するのだ。

一分以上も彼は耳をすませて、先ほどから聞こえているのに何だかわからない単調な音に耳を傾けた。やがてそれが、窓ガラスを叩《たた》く雨の音だと気づいた。窓の近くのトタンの樋《とい》を流れる水の音だ。子どもの頃、フェカンのエトルタ街の小さな家に住んでいたとき、中庭の隅に置いた樽《たる》のなかに雨水をためて洗濯用に使っていたが――雨水のほうがずっと生地にやさしいのよと母は言ったものだ――、その音はまるで独特の音楽のようだった。

しかし、とりあえずいま、病院のベッドで初老の男の耳が捉《とら》えているのは、雨音ではなく、有力な医師でもある友人の、いわずもがなの弁明だった。倒れた場所を考えるなら、オートゥーユの病院に運ばれてもよかったはずなのに、なぜビセートルなどという「あまり聞こえのよくない場所」へ連れてきたのか、友人はその理由を、気づまりな様子で説明する。いわく、ビセートル病院の神経科の主任医師がたまたま会食の場に居合わせていたので、ここに運べば信頼のおける彼専属のスタッフを確保できると考えたからだと。ただし「聞こえがよくない」のには、じつはそれなりの理由があって、しかもこのあまり芳《かんば》しくはない風評は、作者のマドレーヌ・ルヴォー＝フェルナンデスが『クレムラン・ビセートルの歴史　ある都市のアイデンティティ』で詳細に述べているとおり、ずいぶん古い時代に生まれたものだった。

ビセートルの名は十三世紀半ばに遡《さかのぼ》る。イギリスはヨーク州に生まれ、ヨーロッパを転々としていた外交官ジャン・ド・ポントワーズ——英国出身でなぜフランス名なのかは未詳とされる——が、一二八〇年に亡くなったウィンチェスター司教の後継者に任じられたのがその遠い起源だという。一二八二年に帰国して任務を果たし、二年後、再度フランスに渡ったポントワーズは、パリ近郊に広大な屋敷を建て、《ウィンチェスター》の名を冠した。ところが地元住民にはこの《Winchester》が発音できず、フランスふうに《ヴァンセートル》(Vincestre)、《ビケートル》(Bichestre)、さらには《ビセートル》(Bicestre) と訛《なま》って、最終的にアクセント記号をほどこした現在の表記に落ちついたというのである。一方、町の正式名に採用されているクレムラン＝ビセートルのうち前置された地名は、文字通りモスクワを護《まも》る城壁の謂《いい》であって、ロシア遠征の際、ナポレオン率いるフランス軍はクレムリンに攻撃を仕掛けたものの、みごとに敗退、負傷した近衛兵《このえへい》の多くはビセートルに収容され、退役軍人は救済院に入れられた。このとき、ある居酒屋の店主でワイン商でもあった男が、フォンテーヌブローを経由して病院にむかう道路沿いに酒場を開き、兵士たちへの、もしくは皇帝への共感から《クレムリンの軍曹》なる看板を掲げた。やがて傷病兵が家族や友人を迎えるのにこの店を利用するようになり、仏語読みでは「クレムラン」となる酒場の名がその界隈《かいわい》を示すようになった。一八三二年には参謀本部地図にクレムランの名が正式に記載され、一八九六年、ジャンティイが分割されたとき、残りの半分にクレムラン゠ビセートルの地名が与えられたのである。

ところで町の象徴となる病院の起源は、十五世紀初頭、ジャン・ド・フランス、すなわちベリー公の時代に遡らなければならない。一四一六年、死を間近に控えたベリー公は、ビセートルにあった屋敷を、葡萄畑や庭園ともどもノートル・ダム・ド・パリに寄進する。しかし対象となった土地は必ずしも彼の所有地とは言い切れないものだったらしく、寄進は認められたが屋敷はそのまま放置された。ようやく一五一九年になって、ベリー公の城館、というよりその廃墟《はいきょ》はフランソワ一世の所有物となり、翌年、ペスト患者を収容するための慈悲病院建設の方針を固めた国王は、資材としてビセートルの廃墟の石を使うよう命じた。けれども建設予定地がセーヌ左岸、ちょうどルーヴル宮の正面と定められたため、感染の可能性を恐れて計画そのものが中止され、石はべつの場所に運ばれた。ビセートルの城館は完全に取り壊されたわけではなかったので、深夜、月明かりに照らされると、破壊をまぬがれた不揃《ふぞろ》いな城壁や塔が地平線に不気味なシルエットを描き、人々はその影におびえて、幽霊が住みついていると噂《うわさ》しあった。かくしてビセートルは、不幸や不気味さの代名詞となっていくのである。

十七世紀半ばにいったん孤児院として使われたビセートルは、ふたたび廃墟となり、やがて物乞《ものご》いを収容する施設に転用された。このとき建物は、乞食《こじき》や浮浪者や手に負えない子どもたちを受け入れる監獄と、犯罪者ではない《良き貧民》を収容する施設とに分けられ、この《良き貧民》が、その後、滞在費を支払う老人や回復期の病人を示すようになる。一六六〇年には精神を病んだ者が、一六七九年には性病患者が、一七二九年にはれっきとした犯罪者が監獄に入れられることになったが、一八八一年に監獄が廃止されたあとは精神医学の研究に力を入れ、ことに狂人と見なされていた患者たちを独房から解放して大きな成果を上げたピネル以降、すぐれた精神科医を輩出し、その評価を高めていった。一九五〇年代には、ホスピス患者の減少にともなって医療部門が拡充され、一般医学のみならず、神経科、精神科、レントゲン科などが増設されている。こうした設備投資が実って、パリ市で第四番目の大学病院に指定されたのが一九六二年。シムノンがこの数奇な運命をたどってきた町を小説の舞台に選んだのは、だから大学病院という新しい体制のもとで始動してまだ日の浅い時期だったことになる。

作中、主人公の身辺では若い後妻が重要な役割を果たしているのだが、そこにはシムノン自身の私生活も影を落としている。二番目の妻ドゥニーズが神経症からくるアルコール中毒に苦しめられていたのだ。そうであればなおさら、こころの病を扱うビセートルの「聞こえの悪さ」は意識されていたはずだろう。じっさい執筆に際してシムノンが見せたいつにない入念さは、この作品にたいする意気込みをはっきり示している。自宅のあるスイスからパリへ飛び、帰国便が出るまでのあいだに——たった一時間半というあたりがいかにもシムノンらしい——ビセートルを訪れ、病院の周囲を歩いて主人公の独白を支える街の印象を書き留める「取材」を敢行したほか、手入れの行き届いた重厚なタイプライターでいきなり書きはじめるのがつねなのに、わざわざ鉛筆で下書きを作ったという。直接タイプで書かなかったのは、主人公の記憶の蘇《そ》生《せい》と半身不随の症例を、医学的に不整合のないよう絡《から》み合わせる必要があったからで、冒頭で引いたように、四肢の感覚の麻痺した病人が発動させる聴覚の再現にシムノンは細心の注意を払い、短い取材では掬《すく》えなかった部分を、病院関係者に質問状を送って埋めていった。たとえば十項目におよぶ質問の第二番目には、「ビセートルに教会はあるでしょうか。もしあるとすれば、患者が朝最初に耳にする鐘は何時に聞こえるでしょうか？」とある。モーグラは午前六時に鐘の音を聞いているから、たぶんそれが寄せられた回答だったのだろう。

興味深いことに、シムノンは当初、小説のタイトルを、モーグラが倒れた実在のサロンの名を借りて『グラン・ヴェフール』と決めていたのだが、それでは露骨にすぎると判断し、フランス語の「鐘」に「役立たず」の意味があるのを利用して、もしかしたら廃人同様になったかも知れない主人公の境遇を暗示する心算で、『ビセートルの鐘』に変更した。最終的には幼少時の記憶を喚起する小道具としての「環《わ》」が採択されたが、「鐘」のままだったら、少なくとも私にとってこの物語の魅力は半減していただろう。一九六二年十月末に完成したこの非メグレ・シリーズの一冊を売り出すために、シムノンはテレビ出演やインタヴュー、サイン会などの宣伝を率先して引き受け、そのかいあって『ビセートルの環』は好評のうちに迎えられた。賛辞の裏の、ひとつの醜聞を除いて。すなわち主人公ルネ・モーグラの背後に、『フランス・ソワール』紙の社主で、シムノンとは三十年来の友人であったピエール・ラザレフの影が指摘されたのである。めずらしく作者が序文を付して、実在の人物との類似は偶然にすぎないと断っているだけに、いっそうモデルの存在を取り沙汰《ざた》される結果となったのは皮肉というほかない。ラザレフは前年、モーグラ同様、まさしく《グラン・ヴェフール》で倒れたのだった。なるほど類似点が多すぎるといえばその通りだろう。モデルを指摘して、超多作であったシムノンの想像力の根を否定的に捉えるのはたやすいことだ。けれどもこの作品の成功は、脳血栓で倒れて半生を振り返り、他者への、とりわけ二番目の妻への愛に欠けていた事実を確認しながら新しい人生を誓う男の意識の流れを描く成熟した文体と、なにより美しい書名の魅力にあるわけで、それがシムノンを安易な非難から救っている。また、幾度か反復される耳の記憶への執着こそもうひとりの主役であって、じじつ入院六日目に言葉を取り戻し、リハビリを開始したあとでも、モーグラは郷里で聴いた雨音や教会の鐘の音をベッドのうえで慈《いつく》しみ、朝の鐘を待ち望むのである。彼にとって、それは闇に浮かぶ石の廃墟以上に生々しい音の幻であり、なかなか遭遇することのできない理想の《環》なのだった。

＊

堂々たるビセートルの正門をかすかに染めていた斜陽の紅は、薄墨を掃いた闇にまぎれてもはやあとかたもない。プレス・ド・ラ・シテ版の『ビセートルの環』を開いたり閉じたりしながら、私は長いあいだベッドの上で生活していた祖父の耳を想《おも》っていた。音量を最大にしてがなりたてる爆発物のような受像器を眺め暮らしていた晩年の祖父の耳に、遠い物音を聴取する力は残っていなかったにせよ、梅雨時の温気《うんき》にしめっていくぶん柔らかさを取り戻した鼓膜は、死を前にしてなにがしかの音を捉えたかもしれず、あるいは幾重にもひろがる音の同心円を目にしたかもしれない。現にいま、こうして場違いな感傷にふけっている私の耳には、坂道を自転車で駆け下りる他愛ない冒険の前に浴びたあの修道院の鐘の音が聞こえている。片足を地面について小さな二輪車を支えている子どもを抱きすくめたあの音の環が見える。厳しさを増した冷気から身を守るためにコートの前を閉じ、死者を悼《いた》む気持ちなどとうに忘れて手に取った煙草《たばこ》をもみ消して、私はじっと耳を澄ます。するとどうだろう、それほど高くはない空から、雲にすら届かない低い空から、弾《はじ》けるようなエンジン音が降り注いでくるではないか。距離が近づくにつれその小刻みな爆音は大きくなり、天上で黄色いライトを闇に点滅させた機械仕掛けの翅鞘《ししよう》類の羽音が、環ではなく一本の直線となってこちらに襲いかかる。そういえば、じぶんは小男にすぎて徴兵検査ではじかれ、戦時中はしかたなく旧財閥系の軍需工場で、貧弱なくせに途方もない音を出す玩具みたいな戦闘機のエンジンを作っていたと、祖父はよく話していた。本当に飛べるかどうかもわからないのに工場の片隅で爆音だけをとどろかせていた未完のエンジンの映像がまぶたをよぎった刹那《せつな》、静寂と再生への祈りをもたらすはずの美しい音の環は完全に断ち切られて、私は全身を揺るがす幻聴に沈んでいった。

黄色い部屋の謎

別れ際《ぎわ》に、私はその女性から小さな包みと住所を記した紙切れを渡された。できればこの包みを住所の主のところへ届けてほしい、友人なんだけれど、時間がなくて会えなかったからというのである。上着のポケットに入るくらいのかさだったし、空港の郵便局から送ればそれで済むだろうと、私は軽い気持ちで、遠慮がちに差し出された追加謝礼とともにその品を受け取った。場内のカフェテリアでひと休みして確かめた方眼入りのメモ用紙には、十六区の住所が書かれていた。たまたま翌日、その近辺に人を訪ねる用事があったので、郵送はやめて仕事のあとじぶんで届けようと思い直し、記された連絡先に電話をしてみると、さっぱりした物言いの、とても感じのいい女性が出て、話はすぐに通じた。明日は休日で家にいるから、いつらしても構わないとのことなので、午後遅くになるけれどもかならずうかがいますと伝えて電話を切った。

次の日、緑豊かな中庭のある建物の、四階のアパルトマンに出向いたのはすでに陽の落ちかけた夕刻であったが、玄関から広い居間に通されたとたん、私は軽い賛嘆の声をあげた。ここに来た人はみんなびっくりするのよと、その反応が私ひとりの感性に由来するものでないことを、こちらより頭ひとつ背の高い部屋の主は優しく指摘してくれたのだが、入口に立ち止まった私の驚きは、さらに高まっていくようだった。最初はむらのない特殊な照明がほどこされているのかと思ったのだがそうではなく、インテリアがほぼすべて、淡い黄色で統一されていたのである。

イギリス物の、たぶん三〇年代のウェッジウッドだろう、品のいい茶器を納めたカップボード、背表紙が黄色っぽいガリマール社の文芸書をきっちりとすきまなくならべた書棚、パイプとワイヤーを組み合わせた近未来的なフロアスタンド、本革のソファーに木製のローテーブル。カーテンも、壁紙も、ランプシェードも、置き時計も、なにからなにまで黄色を基調にしつらえられていた。ただひとつの例外は、真四角の姿見の隣でプランターを載せる台代わりに使われている古びたベンチで、背もたれが真んなかにあって両側に腰を下ろせる型のものだが、しっかりした造りの鉄の支柱に、剝《は》げかかったあずき色の板を渡してあるその長椅子は、不思議なことにまったく毛なみのちがう周囲の色とみごとな調和をなしていた。私は公園でこの手のベンチを見つけると、本来なら背中が当たる方に顔を向けて、両足をちょうど掘り炬燵《ごたつ》に入る要領で支柱の下の隙間《すきま》に差し入れ、レントゲンでも撮るような恰好《かっこう》で両肘《りょうひじ》を背板にのせて本を読むか、ぼんやり日向ぼっこをするのを無上の愉しみとしているので、室内に閉じこめておくのはなんとなく冒瀆《ぼうとく》のようにも感じられたが、ともかく目的だけは果たそうと鞄から小さな包みを取り出し、相手の顔を見あげながら手渡した。ありがとう、と彼女は言い、開けていいかしらと尋ねた。いいもなにも、私が差しあげたわけではありませんから、お好きなようにどうぞ。

右手の長い小指の爪でセロテープをかりかり引っかいて剝がすと、彼女は包装紙をしずかにばらしていった。人差し指一本で郵便物をばりばりやぶるこの街の女性たちとちがって、彼女のしぐさは、魅力がなくもないそうした野蛮な振る舞いとは無縁な、日本的礼儀にかなうものだったけれど、その几帳面《きちようめん》な作業を経て現われたのは、しなっとした黒い仔牛《こうし》の革の名刺入れで、それなりに値の張りそうな品ではあったのだが、外側のいちばんめだつところに某大手企業の醜いロゴが金文字で打たれており、ほとんど同時にそれに気づいた私たちは、思わず顔を見合わせた。会社の記念品を贈るとは、いったいどういう料簡《りようけん》なのか。たんなる配達係に中身をとやかく言う筋合いなどないとはいえ、わざわざ時間をつくって届けるほどの品物ではなかったことに腹が立ち、さらには気まずさに身の縮む想《おも》いで、私はしばらくものも言えなかった。とにかく珈琲でもと勧められるまま黄色いソファーに身を沈めると、台所に立った彼女を待つあいだ、周囲の色に染まって黄疸《おうだん》が出るくらいの息苦しさを耐え忍びつつ、数日間あちこちいっしょに街を歩いた女性の顔を思い浮かべていた。

香ばしいエスプレッソが供されたところで気を取り直し、包みの送り主とどこで知りあったのかと訊《たず》ねてみた。黒い液体をちょうど口に運んだところだったので、彼女は空いている方の手で待ってと合図し、バッグから手帖《てちょう》を出して、あいだに挟まれた手書きのカードを見せてくれた。それは私に渡されたのとおなじもので、彼女の方には、漢字の一文字一文字に黒のボールペンでローマ字の読みが添えられていた。四、五日前、ということはエージェントを通して突然私に案内の仕事がまわってくる前に、ふたりはオペラ座界隈《かいわい》の日本料理店のカウンターで偶然隣りあい、簡単な英語で話をしたのだという。連絡先を交換したことはまちがいないけれど、会ったのはその晩だけで、べつに友人でも何でもないの。あなたが電話で彼女の名前を口にしたときは、なにしろつい先日話した人だから知らないとも言えなくて。それにしても、どうしてわたしにこれを贈ろうなんて考えたのかしら。

仕事を与えてくれた人間の私生活にはなるべく触れない方針なので、今回の依頼人に関しては、ちらりちらりと彼女が漏らしたいくつかの情報、たとえば関西の出身で、現在は東京で暮らしており、ある大手企業の契約社員だということぐらいの知識しか持ち合わせておらず、その企業の名が名刺入れの銘と一致するかどうかも、なぜそんな物を一度しか会ったことのない異国の人間に進呈するのかも見当がつかなかった。そうよね、あなたに訊ねても仕方がないものと彼女は笑いながら言い、せっかくだから頂戴《ちょうだい》しておくわと、包み紙を棄《す》てて品物をハンドバッグに投げ入れた。ところがこれでお役御免と気が楽になった私は、いつもの悪い癖で、つい余計なことを口走ってしまったのだ。まったく妙な贈り物でしたね、まさに『黄色い部屋の謎』ですよ。彼女はきょとんとして私の言葉を復唱し、「黄色い部屋」と「謎」の結びつきにひどく興味をそそられた様子である。今度はこちらが訊ねる番だった。

ガストン・ルルーを読んだことはないんですか？

ないわ、と彼女は答えた。

＊

聞けば彼女はオランダ人で、ある国際的企業の社長秘書兼通訳なのだという。ふだんは英語とイタリア語中心の仕事をしていて、これほど訛《なまり》のない完璧《かんぺき》なフランス語でも、彼女にとっては不自由な言葉に属するらしい。パリにやってきたのは三年前で、会社が借りあげているアパルトマンをじぶんの手で改装し、ようやくここまで仕立てあげた。なぜ黄色なのかとの質問にもそつのない答えが用意されていて、工業デザイナーをしている父親がとにかく黄色好きで、幼い頃から黄系統の色見本ばかり見せられ、知らぬ間に愛が刷りこまれてしまったのだというのである。物心ついてから、彼女の身の周りにはずっと黄色があったのだ。それなのに、これまで誰ひとりガストン・ルルーの小説を話題にしなかったとすれば、それこそ「謎」と言うべきではないだろうか。

とはいえ、私はガストン・ルルーをまともに原語で読んだことがない。作品目録を見るかぎり、わが国で紹介されているのはごく一部にすぎないようだから、いつか「シェリ・ビビ」シリーズなど未訳の長篇を手に取ろうと夢見てはいるのだが、一方で私のルルー体験は少年時代にひとまず完結してしまったという感がなくもない。じっさいここで『黄色い部屋の謎』という邦題を持ち出したのは、創元推理文庫の宮崎嶺雄《みねお》訳ではじめてルルーに触れたからにすぎず、そのしばらく後にミステリ好きの友人から譲り受けた角川文庫の木村庄三郎《しょうざぶろう》訳では、「謎」は「秘密」と訳されていた。おまけに前者ではスタンガースンとして登場する重要人物が、後者ではスタンジェルソンとされ、両者がなぜ同一人物でありうるのか、またどちらが正しいのか、それを理解できたのは、ずっとあとになってからのことである。二冊の訳本を読み比べてひとつはっきり記憶しているのは、探偵フレデリック・ラルサンと推理合戦を繰りひろげる主人公、ルールタビーユの名前の由来を説明する訳注だ。創元版では《「おまえの玉を転がせ」という言葉をそのまままくっつけて一語にしたもので、賭博《とばく》の「ルーレット」、あるいは「転々と職を変える人」の意味がある》とされているのにたいし、先行する角川版では《おまえの弾丸をころがせ！　の意》とあったのである。語学的には誤りに近いこの訳注の、ミッキー・スピレインを連想させるハードボイルドな日本語にいたく感動した私は、題名を創元版に、本文を主として角川版に依《よ》りつつ両者を頭のなかでまぜあわせ、新しい翻訳をつくりあげてしまったほどである。

ルルーの名作の舞台は、パリ近郊エピネー・シュール・オルジュの、あのシャトーレイノーの夢をはぐくんだサント・ジュヌヴィエーヴ・デ・ボワのはずれに建てられた館《やかた》である。父親がフランス人女性と結婚して妻の国籍を取得したために、アメリカ育ちのフランス人となった先のスタンジェルソン——仏国籍ならスタンジェルソンが適切だろう——は著名な原子物理学者で、やはりフランス人女性と結ばれ、娘マチルドを得たが、妻は産褥《さんじょく》熱で命を落としてしまった。マチルドの成人を待って、スタンジェルソンは母国に戻り、以来十五年間、首都の郊外に居を定めて研究に没頭してきた。そこへ突然、彼らの屋敷の二階の、黄色い壁に囲まれた密室でマチルドが何者かに襲われ、瀕死《ひんし》の重傷を負うという事件が起こる。誰が、いかなる理由で、またいかなる手段で密室に侵入し、姿を消すことができたのか。いわゆる本格物の傑作として読み継がれてきた理由がたしかに納得できる筋立てだが、文学作品として真に評価すべきは、黄色い部屋の謎を解き明かすルールタビーユの鮮やかな推理ではなく、徐々に明らかになってゆく被害者マチルドの過去にまつわる物語の方だろう。いまでこそ男性に見向きもしない深窓の令嬢といった趣のマチルドだが、アメリカ時代には、社交界で知り合った青年と恋仲になり、父親の反対を押し切って駆け落ちしたあげく、結婚手続きの簡単な州に身を隠し、居所を伯母にだけ教えて、束の間《つかま》の逃亡生活を送っていたことがあるのだ。ところが、植民地ふうの牧師館を借りて暮らしていたふたりのもとにある日警察が踏みこみ、夫を逮捕してしまう。彼の正体は、誰知らぬ者ない詐欺師《さぎし》だったのだ。傷心のマチルドは伯母のもとへ帰り、そこでひそかに男の子を出産、いっさいを整理して息子の世話を伯母に委《ゆだ》ねると、父親の経歴を傷つけないようこの事実をひた隠しにしてきた。父親への献身は、忌《い》まわしい過去を振り払う方途でもあったのである。そして、行方がわからなくなっていたこの息子こそルールタビーユかもしれないという、巻末でほのめかされる衝撃的な「秘密」が、続編『黒衣婦人の香り』で確認されるに及んで、ルルーの小説は、ミステリではなく、悪漢と美貌《びぼう》の才媛《さいえん》のあいだに生まれた捨て子の物語として、奇《く》しくも『黄色い部屋の謎』が発表された一九〇七年に亡《な》くなっているエクトール・マロの『家なき子』に連なる、仏文学の伝統の一角を担《にな》う作品へと生まれ変わるのだ。とはいえこれほど入り組んだ物語を、私の不自由な言葉で、それも初対面の女性に伝えられるはずがない。つまらない能書きをたれてしらけるよりは、素直にルルーの本を勧めた方が建設的だろう。寸分の狂いもない、マチルド・スタンジェルソンもかくやと思われるなめらかな弧を描いた鼻梁《びりょう》を仰ぎながら、とにかく《*Le Mystère de la chambre jaune*》を読んでみてくださいとだけ言って私は暇《いとま》を乞《こ》い、ドアまで送ってもらうと、かえってご迷惑をおかけしてしまいましたなどと前置きして、じつはさっきから知りたくてたまらなかったことを、いかにもさりげないふうを装《よそお》って質問してみた。ところで、あのベンチはどこで手に入れたのですか？

ベンチですって？　あれはこの部屋を借りたときからあったものよ、棄てるには大きすぎるから置いてあるだけのこと。いま運んでいってくださるのなら、差しあげてもいいわよ、なにしろ色ちがいですもの。皮膚の薄い、真っ白な頬に大きな窪《くぼ》みをつくって微笑《ほほえ》む彼女に、私は身を切られる思いで答えた。頂戴したいのはやまやまですが、残念ながら、ひとりでかついで帰るような体力はなさそうです。

＊

東京に帰って一年ばかり経過したある日の午後、人と会う前の待ち時間を利用して、駅ビルの二階の喫茶店で洋書の新刊広告に目を通していたら、『黄色い部屋の回想』という文字が網膜に飛びこんできた。一瞬目を疑って細かい横組みの活字がならぶその紙面から顔をあげ、窓の外の、緑が芽ぶきはじめた街路樹をながめて気持ちを鎮《しず》めると、もう一度広告を確かめてみた。著者は画家のジャン・エリオン。時間きっかりにやってきた人物と、とても実現しそうにない企画についてあれこれ意見を交換しながら、私の頭のなかはエリオンの本でいっぱいになっていた。マーグ出版から二巻本の『手帖』が出たときは、哀れにも収入のはざまに当たって余裕がなく、すばらしいデッサンを書店で辛抱強く「立ち見」しなければならなかったのだが、ちょうどその頃、比較的大きな画廊で、まだ独特の円筒形が出る前の仕事ばかりを集めたエリオン展に出くわす幸運があって、以来私は、青灰色の平面的なフォルムで構成された帽子をかぶっている男の連作や、巨大なカボチャが登場する不思議な明るさに浸されたこの画家の仕事にいっそう強い関心を抱くようになり、のみならずその波乱に富んだと言える生涯にも惹《ひ》かれるようになっていった。そんなわけで、小一時間ほどしてようやく珈琲店を抜け出すと、ただちに公衆電話で『黄色い部屋の回想』を注文したのである。

ジャン・エリオンは、一九〇四年、ノルマンディー地方クーテルヌに生まれた。父親はタクシーの運転手、母親はお針子で、エリオンは八歳になるまで祖母の手で育てられたという。一九二三年、化学の勉強を放棄してパリに上京、当初は建築家に弟子入りして見取り図を描くために街中を歩きまわっていたのだが、ルーヴルでプッサンに出会って画家を志すようになった。一九二五年からは絵画に専念、ウルグアイの画家トレス・ガルシアを経由してキュビスムやシュルレアリスムを知り、一九二九年に最初の抽象画を発表したものの、三四年にはみずから創設にかかわった団体《抽象―創造》を抜け出して、三九年頃から具象に傾斜していく。エリオンが抽象画から遠のいていったのは、画家どうしの確執や、融通のきかないドグマへの反発があったからだとする説もあるのだけれど、抽象画面から生成変化してゆくメタリックな青みの筒、たとえばぼってりしてひどく艶《つや》やかな反面、幾何学的で醒《さ》めた形態をも保つ「壺《つぼ》」への愛着を見ていると、絵画史に逆行する彼の転向は、むしろ感性的な必然であったように思われる。

この世界には度はずれた抽象とおなじくらい独創的で豊かなフォルムがあり、生への歓喜がある。そう語ったエリオンにとっての、まぎれもない歓喜の源は女性であった。一九二六年に最初の妻アンドレ・ジュアールと結婚、一子をもうけるが三二年には離婚し、この年、アメリカへ渡ると、東部出身のジーン・ブレアと結婚、三九年に息子が生まれている。翌年召集されてフランスに戻ると、前線に送られてポメラニアで捕虜となり、四二年に脱走、マルセーユ経由で再度アメリカへ渡ることに成功した。ところが彼は、せっかく逃げおおせたのに妻子のもとへは戻らず、ペギー・グッゲンハイムの娘でまだ十七歳だったペギーンと同棲《どうせい》をはじめてしまうのである。四四年、長らく眼病をわずらっていたジーンが亡くなると、翌年にはペギーンと正式に結婚。戦後はパリに移り住んで、四七年には、さかさまになった裸の女性と画廊の飾り窓の抽象画にはさまれた男が、女性の陰毛の形に指を組んでいるあの忘れがたい《さかしま》を発表する。この時、エリオンはもう完全な具象の道を歩んでいた。精神に不安定なところのあったペギーンの擁護者としても彼は適任だったようで、彼女とのあいだに三人の息子をもうけている。しかし抽象画を棄てたエリオンの変貌に好意的ではなかった義母ペギーの容喙《ようかい》もあって、ふたりの間には溝が生じ、五七年頃には破局を迎えた。不仲がつづいているうちに、エリオンはペギーの長男の妻ジャクリーヌ・ヴァンタドゥールと親密な間柄になっていて、翌六三年、彼女と結婚する。八七年のエリオンの死を看取《みと》ったのはこの四人目の妻であり、私が興奮のうちに注文してから一月半後に届いた『黄色い部屋の回想』は、彼女に捧《ささ》げられていた。

ここで言う黄色い部屋とは、一九六二年に買ったシャルトル近郊ビジョネットの家の、四方の壁が黄色で塗られていた屋根裏である。エリオンはそこに、未完成の絵を保管していた。どう見ても「失敗」と判断できる作品は破棄し、いつの日か手を加え、描き直すことができるかもしれない「未完」の作については、完成された絵にはない夢を宿したものとして、ひとまずこの場所に眠らせておいたのである。温存されてきた夢の実現を断ち切ったのは、八三年に訪れた視力障害であった。ほぼ失明に近い状態となったエリオンは、本書の編者となるひとりの女性の手を借りて、黄色い部屋に立てかけてあった絵を一枚一枚取り出し、そこにどんな過去が、またどんな未来が塗りこめられていたのかを語り下ろした。つまり密室に閉ざされた夢の種明かしである。

考えてみれば、抽象から具象へむかった絵画史の裏切り者たるエリオンの来歴は、探偵から悪漢へと身を転じたルルーの登場人物とつながっているのかもしれない。その証拠に、周囲には理解できない壁をめぐらして男性を拒みつづけ、冷たい抽象画のような印象を与えていたマチルドはいつしか肉づき豊かな具象へと変貌し、天才肌の素人探偵ルールタビーユはその颯爽《さっそう》たる姿を次作でかなぐり捨て、涙もろい孤児に成り変わったではないか。四人の妻を娶《めと》ったエリオンの、五人の息子たちは、誰もがルールタビーユになる可能性を秘めていたのだ。

黄色い部屋に保管されていた一四八枚の未完作品の取り扱いは編年ではなく、手に取るまま、思い出すままの、きわめてゆるやかなもので、話はあっちへいったりこっちへいったり、時には絵画そのものから逸脱したエピソードへと流れていく。しかもこれら未完の作品は、美術館や個人のコレクターの手に渡った完成作の私生児にすぎないとの理由で、表紙に選ばれた一九四七年の《マッチをする男》以外、本書に図版は一枚も収録されていない。視力を奪われつつある画家の語りだけが見えない絵を再現し、さらに鮮やかな色づけをほどこして読者の想像力を刺激する、こちらの予想とは正反対の書物であった。そうして、律儀《りちぎ》に最初から読み進めていった私は、わずか三十三枚目で、リュクサンブール公園を描いた大作《グラン・リュクサンブール》にまつわる感動的なエピソードを読むことになったのである。

一九五〇年代なかば、ロプセルヴァトワール街にアトリエを構えていたエリオンは、リュクサンブール公園へ散歩に出かけているうち、ひとつのベンチが気に入って、そればかり描きはじめる。凍《い》てついた冬の日でも通いつめるほどの熱の入れようで、とうとう手がかじかんで仕事ができなくなり、公園の管理事務所まで出かけて責任者にこうかけあった。「ムッシュー、私がどういう者か、あなたはご存じないでしょう、しかしそんなことはどうでもいいのです。私は画家で、リュクサンブール公園のベンチのひとつをなんとかして描きたいと思っているのですが、この寒さを避けて仕事をするにはどうしたらいいか、妙案はありませんでしょうか?」責任者は公園付きの庭師を呼び出し、おなじ型で土に埋まっていないベンチはあるか、と訊《たず》ねた。ありませんと庭師が答えると、彼は重々しい口調で、どれかひとつ掘り出して、この方のお宅に届けなさいと命じたのである。ほどなくエリオンのアトリエに、地面から引き抜いたばかりのベンチが、四人の庭師によって運ばれてきた。二年後、作品が完成したあと、エリオンは管理事務所に行き、当方のアトリエにベンチをお忘れですと告げた。すると管理人は落ち着き払ってこう答えたというのだ。「先生、私どもは、あなたがお仕事を終えられるのを待っていたのです」。

当時のじぶんの知名度を考えれば、これは生涯で最も美しいエピソードのひとつだとエリオンは語っている。私はこの頁《ページ》を読んで、エリオンの描いているベンチがどうしても見たくなり、薄っぺらなカタログもどきの画集をなんとか手に入れた。小さな画集だから問題の《完成品》は収録されていなかったけれど、運よくそれがちらりと映っているアトリエの写真があって、食い入るように見つめた。新聞を広げている男、ぼんやり右方向を見ている男、板の部分に片膝《かたひざ》をついて立っている男、ノースリーブのシャツを着た髪の長い女性の、つごう四人が描かれているそのベンチは、白黒写真なので色は判別できないのだが、まさしくあの、私がだらしなく肘《ひじ》と顎《あご》をのっけて本を読んだりしていた型で、さらに言えば「黄色い部屋の謎」を共有した美しいオランダ人秘書のアパルトマンで植木鉢を載せていたのとおなじタイプのものだった。ひょんなことで足を踏み入れた黄色い部屋の、そこだけ色ちがいだったベンチと、冬の日に画家のアトリエに届けられたリュクサンブール公園のベンチが盲《めし》いた画家の言葉によって結びつき、生き生きと輝きはじめた。あのとき、彼女の言葉につけこんで、持てる体力のすべてを費やし、重々しいベンチをかつぎ出しておけばよかったと悔みながらも、不思議な部屋に私を導き、ガストン・ルルーとエリオンに想像の橋を架けてくれた日本女性の贈り物の意味が謎のまま残されているかぎり、いまさら手紙を書いてベンチを譲ってくれなどと言えるような資格がないことも、私はじゅうぶん承知しているのだった。

クウェートの夕暮れ

トゥルーズに飛んでくれないか？

にわかには国際電話と信じられない音量の、響きのいい声が私に命じていた。前夜おそくまで本を読んでいたから頭のなかは真っ白だったが、手探りで枕元《まくらもと》のメモを取りあげ、受話器を左の耳に押しつけてつぎのことばを待った。声の主は、しかし未知の人物ではなかった。ペルシャ湾岸で国際的規模のいさかいが起きたとき、おもだった記者をほとんど現地周辺に派遣して、ごく日常的な取材に必要な人員を欠くことになったとあるテレビの欧州支局が、苦肉の策として外国語をよくしない東京の記者を差しまわし、多少の現地語に通じた素人をその補佐役につけていた時期があって、どこから名前が出たのか私もそのひとりとして召集され、折悪《あ》しくパリで開かれた、OECDの環境相会議という、地球の将来を憂《うれ》う高邁《こうまい》な意志につらぬかれた人々の仕事を、ふたりで追ったことがあったのだ。

英語が公用語と定められた国際会議の取材に、片言のフランス語しか使えぬ男をにわか記者に仕立てるなど詐欺《さぎ》まがいの行為だった。なにからなにまで綱渡りだったその一日狂言のなかでも、北欧の環境大臣にコメントを求めたときのことは、いま思い出しても冷や汗が出る。いちはやく二酸化炭素税を実施していたその国の責任者は美しい女性でもあるらしいから、是が非でも「絵」を取りたいとの依頼人の希望で、会議終了後に五分ほど時間を割いてもらう段取りはつけてあったのだが、当日、代表団の控え室へ確認に行くと、身の丈二メートルはあろうかという、菓子職人が腕によりをかけた飴《あめ》細工を思わせる金髪の秘書官が、背筋をぴんとのばし、顎《あご》を引いて視線だけをこちらに向け、大臣はもちろんフランス語を解されます、ですが公《おおやけ》の席での発言に英語以外の言語を用いることは彼女の習慣にございません、細かなニュアンスを伝えるのがむずかしいと遠慮なさるのですと言う。私はじぶんの能力不足を正直に説明し、フランス語以外は責任がとれないので取材そのものをキャンセルするほかないと伝えた。血の気の失《う》せた私の顔にこころを動かされたのか、ですが、と相手はにこやかにことばをつぎ、あなたが質問事項をフランス語でタイプしてくだされば、私が大臣にお渡しし、内容を頭に入れておかれるようお願いしましょう。あなたはフランス語で質問なさい、すると大臣は英語でお答えになるはずです、と言って片目をつぶってみせた。

これが官僚かと疑いたくなるほどのあたたかい対応に涙しながらすぐさま記者室に

取って返すと、ノートパソコンで記事を書いたりラジオのニュースに電話で参加したりしている各国記者団のなかで畏縮《いしゅく》しながら、声の主が用意した質問を無い知恵しぼって仏訳し、部屋の隅にぽつんと置かれていた古いドイツ製手動タイプで清書しはじめた。ところがそのタイプライターは、ながいあいだ酷使されたのち事実上の引退に追いこまれていたものらしく、リボンが乾燥しているうえにシリンダーが石版さながらに硬化していて、鮮明な文字を出すべく力を入れてキーをたたくと、《o》や《e》のような円形文字が、一穴パンチであけたふうの奥ゆかしい穴になってしまう。へたくそな手書きの文書を渡すわけにもいかず、会議の終了予定時刻まで二十分もなかったから、使いこなせるただひとつの機械を頼りに必死の思いで打ち終え、報道関係者らがぽつぽつと集まりはじめた広いロビーと階段を駆け抜けて秘書官の部屋に戻り、あちこち虫に食われた奇怪な作文を手渡して、この穴は、この穴は、この穴は、と口を開いたところで息がつづかなくなった。呼吸を整えるために十数秒の空白を置き、私以上に目を白黒させている相手にむかって虫食いの由来を説明すると、友愛に満ちた北欧の大男は、いつまでも沈まぬ太陽のごとき笑みを浮かべてその紙を受け取り、会議場の出口で待っているよう言い残して奥の間に消えた。

さすがというべきか、事は彼の指示どおりに展開し、私は美しい女性大臣にカメラのわきから小さな声を発して、英語による回答を頂戴《ちょうだい》することができた。取材と称する行為に潜む微妙な嘘《うそ》の塩梅《あんばい》を、このとき学んだように思う。わずかな嘘が事実をさらにもっともらしく仕上げてくれる報道のからくりに新鮮な驚きを味わいつつ、それに慣れてしまったときのじぶんを想《おも》い浮かべて嫌気がさし、もうこの手の話には乗るまいと、ひそかに誓ってはいたのである。

＊

トゥルーズに飛んでくれないか、運んでもらいたいものがあるんだ、と声の主はつづけていた。ペルシャ湾岸でいざこざがあった時期、あの地域一帯を守備範囲にしていた唯一《ゆいいつ》の通信衛星を管理する会社がトゥルーズにあり、そこが今度、未公開の映像を外部に提供すると発表した。そこでクウェートおよびバグダッドの写真を急ぎ入手し、特別番組のなかで使いたい。東京へ直接送付してもらっては、お国から事故の可能性もあるし、だいいち放送日に間にあわない。先方は取りにきてくれるならすぐ手渡せると言っている。ついては、これからトゥルーズまで飛んで現物を受け取り、とんぼ返りでパリに戻って、支局が確保しているルートで東京に送ってはくれまいか。それが、私への依頼だった。

合衆国のケーブルテレビの、映画よりはるかに映画的なイマージュが真実として世界中に流布《るふ》されたあとでなら、なるほどそれは貴重な客観的資料だろう。公開を認めた以上、特定の筋にたいして不都合な情報がふくまれている機密文書でもないはずだ。ひっかかるのは、「戦争後初」の衛星写真だという一語で、つまり公開のタイミングが早ければ早いほど値打ちの出る、まぎれもない商品なのだった。となれば、ちょっとした利害がからんだ事件に巻きこまれる可能性もないとは言い切れない。事故を心配するのなら、番組の日程をずらしてでも、部外者をはさまない安全なルートから仕入れるほうが得策ではないか。そう応《こた》えると、いや、きみはこのあいだの仕事でよくやってくれた、信用しているからこうして電話をしているんだと持ちあげ、温厚な口調で用件を繰り返すのだった。受け渡しの方法その他については、あらかじめ大筋を東京から交渉しておこう。細部のつめはきみにまかせるので、広報担当者と連絡をとってほしい、電話番号は、と澱《よど》みなくつづけられたそのことばを、気がつくと、私は先のほとんど出ていない赤鉛筆で必死にメモしていた。

時計の針は午前九時をまわっていた。シャワーを浴び、通りに出て朝刊紙とスポーツ紙を買うと、すぐ部屋にもどって中近東関係の記事を読み流したが、たいした情報は得られなかった。それからスポーツ紙を開いて、非現実的な得点差のついたサッカーの試合に関する記事を熟読し、ひいきにしている弱小チームの敗戦を確認した。二度目の電話が鳴ったのは、昼過ぎだった。先方と交渉したところ、トゥルーズまで取りに行かなくとも、オルリー空港宛《あ》ての飛行機便でパリに送ることができそうだという。予定変更だ。私はすぐに教えられていた衛星通信会社の番号を回したが、担当の女性は食事に出ていた。つぎにエール・アンテールを呼びだしてトゥルーズ発パリ行きの便の時刻を調べ、二時を過ぎてからもう一度電話をしてみた。担当者はまだ戻っていなかった。ここはパリじゃないんですよ、トゥルーズですからね、パリのリズムで仕事してるなんて思わないでくださいよと交換の女性にたしなめられたのにもくじけず、三十分後にしつこく試してみると、本人はあいかわらず不在だったが、その秘書をつかまえることができた。話は聞いているけれど、契約している各国の放送局に提供できる映像はクウェート市内の一枚だけで、仕あがるのは早くても明後日の朝になりますよと彼女は言う。今日のうちに入手するのが不可能なら、飛行機便の到着時刻を教えていただけませんかと訊《たず》ねた私に、秘書はことのほかゆったりとした口調で、いいえ、当日こちらから連絡しますと答えた。

翌々日の午後遅く、望みの品はつい先ほどトゥルーズ発のエール・アンテールに乗せるよう手配したと秘書から電話が入った。オルリー着は十八時五十五分。たっぷり一時間半はある。あわてることはない。今日は平日だし、オルリーなど目と鼻の先だ。余裕を持って出かけ、白く美しい機影と、離陸して行く機体のなまめかしい腹部を堪《たん》能《のう》しながらビールでも飲もう。私は大通りに出て、迷わずタクシーをひろった。

＊

《ほらね、とタクシーの運転手は腕時計を見ながら言った、ちょうど四十分だ、南部高速を通ってたらまだ道中ですよ、道中》。国際電話を受け取った前の晩に読んでいたのは、こんなふうにしてはじまるトルコ系スイス人、ジャン＝リュック・ブノジグリオの『ブラック・ボックス』という小説だった。ひとりの異邦人がオルリー空港で右往左往する物語を読んだ直後に、まさかその舞台へ出かける羽目になろうとは予想だにしなかったが、私にはそんなぐあいに、書物の中身と実生活の敷居がとつぜん消え失せて相互に浸透し、紙の上で生起した出来事と平板な日常がすっと入れ替わることがしばしばある。一九七四年に刊行されたこの小説が古書店の棚に捨て置かれていたのを見つけて驚喜したのは、数日前のことだった。一九八九年の近作『元恋人のいる情景』を遅ればせに読んで熱中し、作者の文学的出自がいくらかでも感知できるかと、初期の作品を探していたのである。

午前十時五分発アテネ行きの便に乗ろうとしている男が、ヴァカンス前の激しい渋滞をかわしてやっとのことで空港にたどり着き、あわただしく搭乗手続きを済ませて荷物を預ける。ところが出発便の表示板をいくら眺めても、搭乗ゲートが指示されない。九時二十分、三十分、ついには十時五分前になってもそこだけなにも記されていない真っ黒な板が回転するばかりで、乗客たちはみな、眠っている草食動物が敵の気配を察して時々びくんと耳を動かす間合いで不安げに顔をあげるのだが、いちばん欲しい情報がついに示されぬまま出航時刻のみ十時三十分と変更され、十一時をまわると、今度はなんの説明もなしに延期の表示が現われる。それが幾度か更新されたあげく、男はとうとう十五時まで釘付《くぎづ》けにされてしまうのだ。電光掲示ではなく、板チョコを中央で切断したような二枚一組の板に記された、白い文字と数字が回転するたびに、《シュタヴァダシュタヴァダクラック・スティーングスティーング・シュタヴァダシュタヴァダクラック・ベルベッルベルベッルシュイーング・シュタヴァダシュタヴァダクラック》という音が、不吉に、そしておそろしくユーモラスで、おそろしく悲しげに響きわたり、スロットマシンさながら男の運命を弄《もてあそ》ぶ。

もっとも彼の将来を決するのはこの音ばかりではなかった。喧嘩《けんか》別れした恋人がアテネ空港へ出迎えに来てくれることになっていて、本当に彼女の姿が見えるかどうか、ずっと気に病んでいたのである。ただでさえ不確定要素が多いのに、かりに待ってくれていても、飛行機が遅れたりすればすべて水の泡だ。オルリー空港内での滑稽《こっけい》な彷徨《ほうこう》の裏側では、身を引き裂かれるような過去と現在が錯綜《さくそう》していたのだった。かつて彼女とギリシアで過ごした蜜月《みつげつ》と、離別までの経緯が、こうして複数のストーリーをモザイク状にからめた手法でこま切れに回想されてゆく。航空会社の理不尽な仕打ちに納得のいかぬまま場内を歩きまわる男の行動が三人称で捉《とら》えられ、つぎにその内面が一人称でたどられる。十数年後に発表された『元恋人のいる情景』の登場人物とも重なる女性とのいきさつが脈絡なく示され、そこに映画配給会社の社主ゴーモンとセシル・B・デミルの会話が挿入されるかと思えば、エッフェル塔の一階展望台から翼のようにひろがる厚手のマントを着て飛び降りようとする男と、それを撮影するキャメラマンのやりとりが挟まれるといったぐあいに、相当な数のシークェンスが、巧みなつなぎの文句で、それこそ表示板の音にあわせてシュタヴァダシュタヴァダと転換していくのである。

空港へむかうタクシーの運転手とのやりとりも、そうしたコマのひとつだった。行き先を聞かされたとたん運転手が顔色を変え、七月三十一日にオルリーだなんてお客さん、いま空港から戻ってきた同僚に聞いたら、十五区の区役所からオルリーまで、たった十四キロかそこらを一時間四十五分かかったって言うじゃありませんか、それでも行くつもりかねとお節介を焼く。ふだんめったに乗らない車で、しかも屋根のうえに乳母車なんぞくくりつけてよたよた走ってる連中に道をふさがれちゃあ、商売あがったりですよと運転手は息巻き、高速道路を避けてじぶんしか知らない裏道を通れば、ぜったい時間までに着けるんだがと男を誘う。断る理由もないのですべてを任せると、自信に満ちたその運転手が久しぶりに走った郊外の道は、いつのまにか指標となる建物が消えていたり、以前は抜けることのできた路地が一方通行でふさがっていたりして、結局は貴重な時間を浪費してしまう。無事に空港までたどりついたことは冒頭の一文で知らされているものの、展望台から飛び降りようとする男の不安ともからみあって、小説は仕掛け倒れに終わらない宙づり状態を最後まで持続している。

*

おそらくこの挿話が頭に残っていたからだろう、バスチーユの近くでひろったみすぼらしい小型タクシーの運転手に行き先を告げたとき、ふと魔が差して、高速を使わずに行ってくれないかと頼んでしまった。案のごとく、運転手は、なぜそんな必要があるのかと反駁《はんばく》した。渋滞してるわけでもなし、飛ばせば二十分で着くはずだとあまり真剣に反対するのでなおのこと裏道を走ってみたくなり、出張でも出迎えでもなく、荷物を受け取りに行くだけだから時間に余裕はある、多少遅れても支障はないし、金はちゃんと払うんだから頼むよとねばった。それが、まちがいのもとだった。

ポルト・ディタリーを出て南へむかう道をかなりの速度で走っていたとき、前を走るルノー5の進路が不意に大きく左へふくらんだ。なにごとかと思ったら、右手前方にどこかのトラックの落として行ったらしい建築資材が、なかば道路を塞《ふさ》ぐ恰好《かっこう》で転がっている。その影を認めてから運転手がハンドルを切るまでにどのくらいの間があったのか、たちどころに迫った障害物をかわそうとした瞬間、目測よりも長かったその塊の左端をタイヤが踏んでかなりの衝撃が走り、あっと声をあげる暇もなく白く巨大な鉄板で視界を遮られた。振動でボンネットがばうんと音をたてて跳ねあがったのだ。たまたま補助車線がある場所だったこと、あがりきったボンネットがほんの一瞬、ちょうど運転手の目線が前方を捉えうる高さにまで下がって、対向車線へ滑るのを防ぎ得たことが不幸中の幸いだった。あわただしく車を路肩に寄せると、右のフロントタイヤが縁石に乗りあげて車体の一方が飛びはね、数秒のあいだ片輪走行をつづけて、あとほんのわずかでも重心が左に寄ったら横転する、その直前でもとにもどって停止した。九死に一生を得たというほどの事故ではなかったにせよ、車が宙に浮きかけたときの、胃の下部をひんやりした掌《てのひら》でくいっと持ちあげられたような感触が尾を引いて、しばらく口がきけなかった。

青白い顔で、運転手が大丈夫かと訊ねた。大丈夫、怪我《けが》はないようだと答えると、彼は外に出て周囲を点検した。ボンネットはいちおう閉じることができたようだが、オイル漏れがあるらしい。私もつられて車を降り、ふたりを中空に誘った忌《い》まわしい角材の位置を確かめた。ありがたいことに、横向きになっていた物体は、衝撃で道路わきの、車の通行に影響のないところまで飛んでいて、同種の事故が起こるのを未然に防いでくれている。ところが車にもどった運転手がエンジンをかけてみると、どこか接触でも悪くなったのか、馬の嘶《いなな》きが二、三度つづいただけで、あとはうんともすんとも言わなくなった。何度試みても結果は変わらず、彼は肩をすくめて、ごらんのとおりだと私を見つめた。空港の裏手へ出るために大きく東へ迂回《うかい》していたことはぼんやりと理解できたが、運転席から外界と接する習慣のない私には、このまま立ち往生したら、どんなふうに目的地へ向かったらいいのか見当もつかなかった。もちろんその場で運賃を清算してべつのタクシーを捕まえれば難なく窮地を脱することができただろうし、無線で仲間の車を手配してくれるよう運転手に要求することだってできただろう。だが、そもそも余計な回り道を指示したのはこちらの方なのだ。事故の直後、助手席のプレートでマグレブ系の名前を確認した運転手の焦《こ》げ茶の顔が青ざめ、ついには青銅色に変化するさまを目にした以上、そっけなくその場を離れるのも冷淡にすぎると思われた。というより、いまだショックから立ち直れず、どうしたものか判断停止の状態だったのである。

エンジンの故障が確実になると、運転手は足下のレバーを引いて後部トランクを開け、そこからがさごそとしわくちゃのビニール袋を取り出した。てっきり工具が入っているのだとかんちがいして、修理にどのくらい時間がかかるのか訊ねてみたのだが、そこから取り出されたのは、あろうことかコーラの大瓶と半分に切ったバゲット、それに数本のバナナだった。こんな事故を起こしたあと、一般にひとはどういった行動を取るものだろうか。わが運転手は、どうやら気持ちを落ちつかせるために食べ物を必要とするタイプらしい。その反応に少しばかり呆《あき》れて、やっぱりべつの車を拾おうと決心したとたん、大事に到る一歩手前で救われた安堵《あんど》が弛《ゆる》みを与えたのだろうか、私の身体の奥底から空腹を訴える音が、騒音をものともせず鳴り渡ったのである。われわれは顔を見あわせ、声にならない声で笑った。誘われるまま、私は排気ガスにまみれた縁石に腰を下ろし、譲り受けたバナナを一本とバゲットのかけらを少しずつ口に運んだ。

税関に行くんだったら、帰りのタクシーを捕まえるのは大変だよ。二本目のバナナを泡だらけのコーラで飲み下すと運転手が言った。あそこには乗り場がないからね、あんたさえよければ帰りも俺の車でと考えてたんだが。いや、到着ロビーの方にある航空便窓口に書類を受け取りに行くだけだ、タクシーなら簡単につかまるし、いざとなればヒッチハイクという手もあるさ、なにしろ身ひとつの運び屋だからね、と私は応《こた》えた。その運び屋の仕事が、原因がどこにあるのだか私にはよく理解できない諍《いさか》いのもたらした戦争による恩寵《おんちょう》であって、しかもこれから手にする荷物の中身が、まさしくその戦の象徴ともいうべき映像であることを、わざわざ説明する必要はなかった。

走り抜けて行く車の速度からはとても一般道だと信じられない道路の、大水のあとそこだけ残された三日月湖みたいな補助車線の片隅で、私たちはバナナとバゲットを交互に口に入れながら、ついこのあいだまであれほど張りつめた空気をパリの街に送りこんでいた紛争とはまるで関係のない四方山《よもやま》話をした。リビア人である彼の妻は、三交代制の高速道路の料金所で働いていて、割のいい夜間をながらく担当しているため、国外からやってくる定期トラックの運転手らと顔見知りになり、ときどき花束や土産をもらうのだという。要するに美人なんだねと応じたこちらの言葉が効いたのか、彼の顔はとつぜんぱっと輝き、その美人の女房がいまおめでたで、オテル・デューに入院しているんだ、あそこは安いし設備も申し分ない、あんたも子どもができたら迷わずオテル・デューにするべきだとまくしたて、この国に来た当初は、職業斡旋所《あっせんじょ》に登録して皿洗いから生活をはじめたんだと問わず語りにかたりだし、あげくのはてに、あんたも運び屋なんかやめて堅気の仕事につくといい、皿洗いなら俺が紹介してやる、あれは皿ばっかりじゃなくて、人のこころも洗える商売だなどと、思いがけず徳のあるところを見せるのだった。

時刻はもう十八時半をまわっていた。パリでの艱難辛苦《かんなんしんく》を語ってやまない運転手に適当な相槌《あいづち》を打ちながら、私はこれから空港まで受け取りに行く、厚紙で頑丈に包装されているだろう映像についてあれこれと想《おも》いめぐらしていた。高度数百キロの虚空《こくう》にある静止衛星から撮影された、砂漠のなかの都市。密封された品物は、コンピュータで処理済みのカラー画像なのだろうか、それとも詳細な分析を待つ無機質な白黒画像なのだろうか。あのおびただしい数の、しかしみごとに閉じられた情報が世界を駆けめぐった時期にたまたま異郷にあって、時ならぬ戦争景気で得た金を生活の足しにしていた私には、なんとなく色を抜いた白黒のほうがふさわしいような気がした。

けれどもいま、運転手とふたり、しけたバゲットとガソリン臭いバナナを食べている国道の周辺には、色鮮やかな美しい夕焼けがひろがりつつあった。反対車線のむこうの、不揃《ふぞろ》いな屋根に濃い朱色が照りかえり、それが点在する緑の木立ちのあいまからすうっと突き出た高層住宅の薄汚れた壁を、間接照明のように浮かびあがらせている。どうしようもない人間のつくりあげた無秩序の美。功利を求めての破壊もたしかに進行していたが、それ以上に、なにか説明しがたい生の痕跡《こんせき》がその光にはあった。この異様に優しく、異様にあたたかい太陽が沈み切るまで、とにかくじっとしていよう。空港で包みを受け取り、無事に東京へ送り届けたとしても、中に入っているのがどんな映像なのかを見ることはできないのだし、本当に番組で使われるのかどうかも私にはわからないのだ。砲弾の降りそそいだクウェートの上空も、夕暮れにはこんな鮮やかな色に浸されたのだろうか。郊外の空を埋め尽くしたその薄い朱の、刻々と変化してゆくかすかな濃淡を目で追いながら、無味乾燥な衛星写真を、せめてこのなかば人工的な風景にやどった無償の光で染めてみたいと私は考えていた。

手数料なしで貸します

　午後二時に大家が立ち会うと書かれていたので、アール・ゼ・メチエで下車して数分とかからない小さな通りへ出かけて行った。チュルビゴ通りを左に折れたあといくつかの辻《つじ》を曲がる、そんなふうにあらかじめ頭のなかで描いておいた地図を引き出しながら歩きはじめたのだが、現地に赴いてみると、信じられない数の男女が、街路にむかってかすかに前傾した古い建物の右端にある階段口から長い長い列を作っていた。コンサート・ホールの開場を待っているようなその様子を見て、こちらとはべつの目的があるのではないかと思い、なかほどに立っていた革ジャンの男性にこれはなんのための列かと訊《たず》ねてみたのだが、やはり目の前の建物の最上階にある物件を狙う連中だと知れた。外にならんでいる人間だけで五十人は下らないだろう。その時点で契約にこぎつけるのをきれいさっぱり諦《あきら》めたのは言うまでもないけれど、第三区というパリの中心地区にありながら床面積と家賃の関数にもとづく相場よりかなり低めのその物件がどんなものなのか興味がわいたのも事実で、私は最後尾にならんで静かに順番を待つことにした。

一ヵ月半前からはじめた部屋探しの、それが八番目の物件だった。郊外の共同宿舎に滞在する権利が切れて否応《いやおう》なく宿を探す羽目になり、新聞その他の専門紙を頼りにひたすら町なかを歩き、経済事情が許す範囲で目につく候補はすべて当たってみたのだが、たいていは貸し主が借り手を選ぶ方式を取っているため、こちらの国籍、身分、収入、保証人の有無、そしておそらくは人相までがくまなくチェックされ、眼鏡にかなった者にその場で賞杯が手渡されるか、あとから電話が入るかのどちらかで、なにをしているのだかじぶんでも説明できないような異邦人になかなか僥倖《ぎょうこう》は訪れなかった。生来のへそまがりで、同国人のあいだに流通している特殊な情報や、友人から友人へとしち面倒くさい査定なしに受け継がれている部屋をはなから拒否したため、週一回、情報紙の発売日に早起きしてキオスクで待ち伏せし、バイクが運んできたばかりの新聞の山のなかから一部を抜き出すとそのままカフェに直行して候補を絞り、失礼にならないぎりぎりの時間帯に貸し主に電話して下見を申し込むという、この道の定石を踏みながら果敢に攻めつづけたにもかかわらず、ひとつとして私の網にかかる物件はなかった。破格の安さに惹《ひ》かれたポルト・ドレの屋根裏は若い郵便局員に目の前でさらわれたし、アレジア通りから少しはいった中庭のある建物の湿っぽいステュディオは裕福な親の保証書をもっていた学生に奪われ、ナシオンの大きな病院の裏手にあった清潔そうな部屋はアンティル諸島出身の女性銀行員にあっさりと持って行かれた。たった一度、朝の七時に電話をして、私が下見申し込みの第一号となったラ・シャペルの線路沿いの物件は、勇んで出かけてみると複数の陰気な建物が中庭をはさんでうねうねと連なる迷路のような空間で、非フランス人が住人の大半を占め、ということは当然この私も入居資格を満たしていたのだが、そこに馳《は》せ参じた人間は会社を休んでやってきた若いフランス人女性と私のふたりきり、しかも耳の遠い守衛のおばさんに案内された部屋は、台所が押し入れのなかにあるうえ、トイレ、シャワーは共同、階下に入っているアラブ人とおぼしき洗濯屋のスチーム・アイロンの蒸気が容赦なく窓から侵入してくる、広告表示と現況とが合致しない出鱈目《でたらめ》な物件だった。

ともあれ国立工芸学校近くにあった部屋は、想像をはるかに超える数の希望者を集めていた。しかも下見を済ませた者たちは、狭い階段をいちように溜息《ためいき》をつきながら下りてきて、かと思えばくすくす笑いあう男女もおり、剝《は》げかかった壁に卑猥《ひわい》な落書きでも残っているのかといくらか胸躍らせつつ各階に一世帯しか入れないその建物の最上階からさらに継ぎ足された階段をあがってみると、広告の部屋は、屋根の半分あまりを切り取って、すりガラスのかわりに黄色っぽい搾《しぼ》りたてのミルクのようなプラスチック板をはめこんだ、あやしげな造りだった。おまけに床から天上までの高さは一メートル五、六十ほどしかなく、住人はつねに腰をかがめて移動しなければならない。ただし生活するにはかなり困難をともなうはずのこの部屋の四方には、奥行きのある作りつけの棚がぐるりとめぐらされていて、本を収納するにはもってこいだったし、そもそも本とは寝転がって読むものだとかたくなに信じている人間に、天井の低さはとりあえず問題にはならなかった。出入口のわきの小卓にノートをひろげて時々質問に答えている恰幅《かっぷく》のいい中年男が貸し主であることはすぐにわかったから、万が一の可能性にかけて、私は彼の気を惹くためにこの奇妙な白昼のプラネタリウムの真ん中で仰向《あおむ》けに寝転がり、液体のようにやわらかい乳白色の光を浴びながら背伸びをしたりしてみたのだけれど、次から次に入ってくる客の邪魔になるだけでかえって印象を悪くしたのか、翌日、いくら待っていても電話は鳴らなかった。

運がめぐってきたのは、それから数週間後のことだった。さすがにもうだめだろうと諦めかけたとき、散歩の途中でたまたま入ったサン・タントワーヌ街のパン屋の掲示板に、前日空いたばかりの部屋の情報を発見したのである。グリュイエールのサンドイッチを受け取りながらおばさんに断ってその張り紙を頂戴《ちょうだい》し、公衆電話でただちに下見を申し込んでみると、住所はボーマルシェ通りの由緒《ゆいしょ》あるサーカス小屋の近くで、指定された時間に参上したところ、すでに五、六人の候補者がいて、運の悪いことに生粋のフランス人がひとり含まれていた。礼儀上それぞれの身分を確かめはするものの、大家が最初から同国人を好意的に見ているのは明らかで、さらに不運なことに、当の人物は収入証明書その他の必要書類で完全武装していたのである。ところが宿に帰っていつものようにふて寝していると、思いがけず大家から電話があった。第一候補者の証明書に偽りがあったのでお引きとり願ったと言うのだ。そこでムッシュー、昨今の国際的経済状況と世間的な評判に鑑《かんが》みて、日本人であるあなたを有力な候補としたい、ついては必要書類を用意して一両日中に当方の事務所までご足労願いたいのだが、借りる気はまだおありかな？

もちろんですとも、明日、すぐにお邪魔いたします。そう応《こた》えたあと八方手を尽くして貧しいながら偽りのない書類を揃《そろ》え、翌日の午後、私はとうとう賃貸契約にこぎつけたのである。このときの苦い経験がなかったら、その後、なかなか部屋の見つからない同胞のために一介の内装業者と結託して不動産斡旋《あっせん》の真似事《まねごと》をし、警察に引っ張られかねないような危い橋を渡ることにはならなかっただろう。いかにも腹の黒そうな大家は、金鎖をつけた右腕を伸ばし、握手を求めて言ったものだ。あなたは本当に運がいい、わたしは不動産屋を通さない主義でね、こんな場所に《手数料なし》の格安で、しかもこれほど快適な部屋が見つかることなど、めったにありませんよ、感謝していただきたいものですな。

＊

ディディエ・デナンクスの『手数料なしで貸します』が、ガリマール社の若者向け叢書《そうしょ》の一冊として刊行されたのは、新しい部屋に私が移り住んだ翌年のことだったと思う。その頃、書店で平積みにされている新刊小説の舞台が、あるときは旧植民地へ、あるときは地方都市へ、またあるときは大都市郊外へ、つまりはパリの外部へと拡散しはじめている様子を、無視しえない変化の徴《しるし》と受け取っていた私は、それがどのような内容で、どのような形式となるのかなんの目算もないまま、たぶん《郊外へののびる小説》とでも題されることになるだろう小さな文章をぼんやりと夢想し、そしてその、将来書かれるかもしれず、また書かれないかもしれないささやかな一文のなかで、ディディエ・デナンクスという北仏系の姓を持つ作家の、フランス・ミステリの伝統と米国産ハードボイルドの滋味を大雑把にアレンジした、カダン刑事シリーズに一章を割こうと考えていた。

ところがそんな埒《らち》もない空想に耽《ふけ》っているうち、突如として、デナンクスはわが愛するカダン刑事を自死に追いこむという苛烈《かれつ》な手段でシリーズそのものに終止符を打ってしまったのである。ミステリに描かれている虚構の世界よりも、現実に起きている事件のほうがずっと小説らしい、もはやミステリと呼ばれる特定のジャンルに拘泥《こうでい》する必要はなくなったと、カダンの死に際してデナンクスはどこかで語っていたが、脱皮をはかろうとする作家にあてがわれたのは、純文学系の《白い叢書《コレクシオン・ブランシュ》》ではなく、青少年向けに新しく創設された《白い頁《バージュ・ブランシュ》》叢書だった。ガリマール社が彼を言われなき「純文学」に昇格させるにあたって課した一種の試用期間ではないかと私は意地悪く考えたりしたのだけれど、のちに力のある作家を集めて充実してゆくこのシリーズの第一陣として彼が登用されたのは事実であり、カダン亡《な》きあといかなる世界を創造してくれるのかとの読者の期待に応えてくれたこともまた事実だった。それにしても『手数料なしで貸します』とは、ほかならぬその手数料だけを狙って愚にもつかない仕事に精出していた当時の私にとって、なんと皮肉な命名であったことだろう。不動産屋を通すよりはるかに安価であり、交渉開始の段階から手数料の歩合についてきちんと説明していた点を除けば、善意を売るサービス業の常套《じょうとう》にのっとった悪《あく》辣《らつ》なやり口で私は日銭を稼いでいたのである。

デナンクスの物語の舞台は、六月も終わろうとしているパリ。北郊オーベルヴィリエの印刷所に勤めるジョゼ・エスタリルとその恋人ミルナ・ベルンコフが主人公だ。

ジョゼは彼女と同棲《どうせい》するための部屋探しに、ここ三カ月あまり奔走している。れっきとしたフランス人でありながら名前のせいでかならず国籍を問われるジョゼは、一九二〇年代に祖父がスペインから石工としてフランスにやってきた移民三世で、ミルナの方も祖母がポーランド人という設定である。私がやっていたのとおなじように、ジョゼはバイクが運んできたばかりの新聞を買ってめぼしい物件をチェックし、ただちに現場に駆けつけるのだが、かならず誰かに先を越されて、どうしても契約にまで至らない。この都市の破局的な住宅事情にたいするそんな嘆きを冒頭から持ち出した物語の細部に、いつもの癖で、私は作品の出来ばえに関係なく引きこまれてしまった。やっとのことでジョゼが摑《つか》んだ部屋は、パリの北、十九区の、手数料なし二九〇〇フランの一室だった。一五〇番のバスでヴィレットへ出、まだ路面電車の跡が残っている広場を横切ってコランタン・カリウーのメトロの駅前にある小環状線の橋を目安にしばらく歩いたグレヴィル街一五番地。地図には記載されていない、架空の通りである。今世紀初頭に建てられた、通称《スクワール・グレヴィル》と呼ばれている円形の中庭をとりまく小さな石の集落に収まったエレベーターなし七階のその部屋の窓からは、かつてビール工場だったという古い煉瓦《れんが》造りの建物の壁や、そこに映ったルルゥク運河の照り返しが見える。そんな記述をもとに場所を特定してみると、クリメの近く、ちょうどルルゥク運河がヴィレットの集水地につながる境目の、ビッチ広場のあたりに相当するようだ。あの一帯なら、私もずいぶん歩いたことがある。ヴェトナム、台湾、ギリシア、北アフリカ料理のレストランが軒を連ねるエスニックな「はずれの街」。ジョゼに選択の余地はなかった。即決して手を打ち、彼はここでミルナとの生活を開始する。

登場人物たちのあまり触れたくはない過去を、デナンクスはさりげない会話のなかから取り出していく。ジョゼの祖父の話は大家の質問から横道に逸《そ》れて説明されたものだし、ミルナの祖母がアウシュヴィッツの生き残りであることも、暑い夏を耐えるために祖母から教わったのだと言いつつ、彼女がカーテンのかわりに濡《ぬ》れタオルをそのまま窓に垂らして涼を取ろうとしたしぐさがきっかけでわかってくる。なぜ東欧でそんな小細工が必要なのかと問うジョゼにたいし、ミルナは口ごもりながら、祖母はイスラエルに渡ってそこで亡くなり、濡れタオルは聖なる土地の暑気を凌《しの》ぐための手段だったと語る。以後、ふたりは、二度とその話題に触れたりしないのだが、触れたか触れないかで他者との距離が一変するような過去はたしかに存在するのであって、デナンクスの小説の多くは、そうした他者や歴史との距離の変容をめぐって書き継がれている。

しかし『手数料なしで貸します』に描かれているのは、もっと直接的な変容だ。空間の変容、つまり建築物の破壊。それは時間の、過去の堆積《たいせき》の破壊に直結している。ヴィレットの周辺が舞台に選ばれたのは、デナンクスの生活圏でもあるオーベルヴィリエに接した十九区がその頃ちょうど再開発の波にのまれて、あちこちで悲鳴をあげていたからだろう。そもそもヴィレット地区じたい、第二帝政期に巨大な市場と食肉処理場のあった一画が建物の老朽化にともなって取り壊され、一九七〇年代なかばから近未来ふうのテーマパークに仕立てあげられた人工的な書き割りだったわけで、デナンクスの恋人たちが歩くのは、人の手で掘られたサン・マルタン運河とルルゥク運河、回転木馬やドラゴンの形をした巨大な滑り台のある公園、それにいちばんの人気を誇る超近代的な球型映画館に囲まれた夢の浮橋だった。作中、ジョゼがミルナを運河沿いのレストランに連れて行く場面がある。観光スポットから少しはずれたロワール河岸、砂糖とカカオの古びた倉庫がならぶ区域の片隅にがたついた建物があり、その地下に隠れた店で、前腕部に双頭の龍《りゅう》の入れ墨をほどこした元空手チャンピオンの主人が、レンズ豆と塩漬けの豚肉を煮た定番料理を振る舞っているのだ。レストランの名前は、《北の橋》。ジャック・リヴェットへの目配せが感じられる見逃せない鍵語である。

ルルゥク河岸からヴィレット地区を抜けてパンタンの方へと、さしたる理由もなく歩きまわっていた頃、私はリヴェットの『北の橋』を観ていなかった。デナンクスの小説の舞台が、恋愛映画とも犯罪映画ともつかないあのじつに謎めいた傑作の終盤といくつかの点で通底しうることにも、だから鈍感なままだったのである。恋人のために犯したらしい罪で服役し、ある日の、おそらくは冬の一日の朝早くに出所してきた女性と、旧式の原付自転車に乗った、やたらと背が高く、少々頭のおかしい空手娘との出会いで幕をあけ、どことなく六〇年代左翼崩れの相貌《そうぼう》をまとったその女性の恋人の、いわくありげなスーツケースを娘が盗んだのが発端となり、なにかが終焉《しゅうえん》にむかって、一進一退を繰り返しながら動きはじめる。「すごろく」にも譬《たと》えられる彼女らの彷徨《ほうこう》のほぼ「あがり」に位置するのが、ヴィレットの再開発地域にある「北の橋」なのだった。

ずっとあとになってこの映画に出くわしたとき、湿気を吸ってわずかに重量を増した雨の日の本の頁《ページ》みたいな、指先で気温や湿度までがはっきりと感じられるほど質感のある画面に、私は息をのんだ。一九八〇年に公開されているリヴェットの映画をそれまで知らずにいたことがなにか信じられない思いで、ながく急な階段をのぼったり、そこだけ取り残された建物と建物のあいだの、鉄板の塀に囲まれた草地に入りこんだり——そんなところに死体が転がっていたりする——、廃線の放置された切り通しをたどるふたりの女性の姿を追っているうち、ああ私はここを歩くべきだった、私が歩くべきなのは現実の光景ではなく、むしろこの瑞々《みずみず》しい画面のなかだったのだと、説明のつかない嫉妬《しっと》と悔悟にしばらく打ちひしがれていたものである。あんまりまっ黒でどこを見ているのだかわからない大きな瞳《ひとみ》の空手娘が闘いを挑む鉄の輪を連ねた滑り台の龍、黄土色によどんだ運河沿いにふくらんでいるオワーズ河岸とジロンド河岸をつなぐ小広場、謎の男と娘が空手の型を手合わせする橋のむこうにのぞく取り壊し中の建物、そして水面にあたっている夕暮れの陽光と靄《もや》のかかった冬空の薄い大気の粒だち。こんな映像をもっと早くに知っていたら、私の異都体験は、日々の暮らしの愚かしさからいくらかでも逃れ得ていただろうか。ともあれリヴェットが映像に収めた区域ではその後急ピッチで開発が進められていったのだが、分別をわきまえたふうの大人の女性が死に、野放図な娘のほうがなんとなく生き残って、破壊と造成がいちどきに進行している一帯の上空が薄い黄色に染まり、しかもそんな舞台で空手に興じている男女の姿が、たぶんべつの殺し屋の構えた狙撃銃《そげきじゅう》の高感度スコープに捉《とら》えられるという、生と死が幾重にも交錯するあの驚くべきラストシーンで語られていたことは、ほぼ十年後、デナンクスの小説のなかでもおだやかに形を変えて再現されているのだ。

スターリングラード広場周辺の再開発計画にともない、老朽化した建物の買収が行われるようになって打撃を受けたのは、一九四八年に制定された家賃据え置き法以前から部屋を借りている人々だった。間借り人は現在の相場の半値以下の家賃で暮らしており、大家は法にからめとられて、彼らが出ていかないかぎり値上げできないのである。場末の古い建物に低家賃で住みつづけている老人などは、少しでも収入を増やしたい大家からときに不当な立ち退《の》き要求を突きつけられる。貸し手が警察にリベートを渡して強制退去の手段に訴えることも珍しくないほどで、『手数料なしで貸します』のジョゼとミルナが救う、最後まで名前のわからない階下の老人も、そんなふうに追い出された犠牲者のひとりだった。踊り場で軽い挨拶《あいさつ》を交わすようになったその老人の部屋が、ある日、衛生局と警察の手で差し押さえられる。天井にひびが入って危険だという階下の住人の訴えに貸し主がつけこんだのだが、じっさい老人の部屋には、一九五〇年代のちらしや、新聞・雑誌が、国立図書館の分室かとみまがうほどつめこまれていた。カマンベールの包み紙からガスの領収書まで、誰が見ても紙屑《かみくず》でしかないものが数トン。老人が姿を消したあと、衛生局の連中は彼の持ち物を勝手に売り飛ばして小遣いを得ていた。そんな仕打ちに義憤を感じたジョゼとミルナは老人の行方を追い、パンタンの医療施設に入れられた事実をつきとめると、じぶんたちが引き取りたいと申し出る。病院の方でも、名前を明かさず、保険番号もわからず、食事も受け付けずに衰弱してゆく頑固者の処遇に困っていたところで、彼らの希望を例外的に受け入れてくれた。

若者たちの手でふたたびもとの建物に戻った老人は、居候《いそうろう》の身となって徐々に回復し、夕食時になると興味深い話を次から次に繰り出してふたりを楽しませるのだった。若い頃、あるときは伝説的な事件報道雑誌『デテクティヴ』の記者としてモン・ブラン山上で謎の死を遂げた男たちの事件を解決するべくヘリコプターで現地に飛んだと語り、あるときはピアノを使って自殺した男のトリックを解いたと語ってやまない。話があまりに突飛で、あまりに精緻《せいち》なことに興味をもったジョゼとミルナは、老人が本当に事件記者として雑誌に寄稿していたのかどうかを調べに図書館へ行き、該当する記事がどこにも見あたらないことを確認する。司書に助けを求めて事件の内容を話すと、それは一九五〇年代に活躍した某ミステリ作家の作品の筋書きではないかと教えられ、さらに情報を得るべく訪れたミステリ専門店の店主から、まちがいなく当時のマイナーなミステリにあった話だと指摘される。物語も押しつまったところでいくぶん付け焼き刃的に《ポラール》臭をまぶしたデナンクスの意図を私は必ずしも評価しないけれども、ジョゼとミルナは、さまざまな小説の筋書きと新聞記事が入り混じった老人の作り話を通じて、過去の一時期に触れることができたのだった。老人の夜話が嘘《うそ》だと知りながら、彼らはそれを一種のお返しと解釈して逆に愉しむことに決め、これまでと変わりない関係を保ちつづけた。しかし厳しい夏を越した九月半ば、比類ない過去の語り手は心臓発作に倒れ、若いふたりに見守られて息を引き取る。謎を埋めるための「すごろく」は、こうして『北の橋』と同様、またしても死にたどりつく。カダン刑事に死を選ばせたデナンクスは、ここでもひとつの時代の交代劇を構築しようとしているのだろう。ただ私には、それが七〇年代末に訪れた転換期とは異質な、ことばの真の意味で決定的な断絶を示していると思われてならなかった。リヴェットのような暗示に訴えることのできない、より即物的な「ふりだし」への転換。老人の死を見届けたジョゼとミルナは、この「手数料なし」で譲渡された歴史の断絶をどこまで理解し、今後それをどのように生かすことができるのか。そして同種の問いかけは、この私自身にもなされなければならないだろう。ある段階からつぎの段階へと移行するに際して、私はこれまで一度として正当な手順を踏んで来なかったからだ。いまの私に最も必要なのは、おのれの行いについてしかるべき本分を尽くし、進んで手数料を支払うことであるにちがいない。いずれにせよ、二〇世紀末のパリ十九区再開発にかかった負荷を確かめるためにではなく、目に見える負荷をすらみごとに素通りしていた自分自身の過去を検証するために、いつの日かもう一度、私は北の橋の周囲を歩くことになるだろう。

M

ダンフェール・ロシュローの駅で有り金はたいて定期を買い、改札を抜けてホームに向かう狭苦しいトンネルを曲がったところで数人の検札係につかまった。切符は？もちろんありますとも。自信をもって差し出したカルト・オランジュを、うちひとりが手に取って一瞥《いちべつ》し、そのまま解放とばかり思っていたら、番号が転記されていないと指摘された。私は冷静に応《こた》えた。ついさっきこの駅で買ったものですけれど、急いでいて書き入れる余裕がなかったんです、嘘《うそ》じゃありません、たしかめてくだされば、窓口の人は顔を覚えてるはずですよ。

必要があって、私はカルト・オランジュと呼ばれるメトロとバス共通の定期券をしばしば購入していた。定期とはいえ一般乗車券と同型の磁気を帯びた切符で、それを顔写真の貼《は》られた厚紙を包む質の悪いビニールケース本体の小さなポケットに差し込む仕組みになっており、改札ではこれを引き出して機械に喰《く》わせるのである。買ったその場でケースに記された発行番号を切符に書き写すきまりになっているのだが、その表面は中途半端につるつるしていて、ボールペンでも万年筆でも鉛筆でもうまく文字が書けず、極細の油性ペンかなにかを持参していないかぎり鮮明に表記するのはむずかしい。にもかかわらず、この欄が空白になっていれば、借りものか盗品の可能性を疑われても反駁《はんばく》できないのである。ほんの三十秒前に買った定期が無効だなんて、そんな馬鹿な話がありますかといちおうとぼけてみせたのだが、法的にはたしかに無効なのだった。その日は私のように不注意な乗客をカモにして、ノルマを達成する予定だったのだろう。けれども周囲を見渡すと、身分証明書を提示しながら係を口汚くののしっている哀れな犠牲者たちは、みな北アフリカの人間のようだった。なあ、あんたがたは目の前を歩いてるフランスの殿方が目に入らないのか、なんで俺たちやそこのアジアのムッシューばかり狙うんだ。怒号に近い彼らの声を耳にしつつ、私は穏やかに事を進めようとおとなしく滞在許可証を提示し、罰金を支払う意志を示した。ところが、その罰金というのがかなりの額で、定期代を現金で支払った私には手持ちの金がほとんどなく、あいにくと小切手帳も持っていなかった。いま払えませんと言うと、相手はこちらを見もしないで、よろしい、あとから本部へ郵便為替で支払うことも可能だ、期限は半年以内、ただしその際には金額が倍になる、さあ、ここにサインしなさい。

茫然《ぼうぜん》自失とはこのことだった。素直に払うから待ってくれと頼んでいるのを無視して、なぜ罰金を倍に跳ねあげようとするのか。幸いキャッシュ・カードはあったから、私は突きつけられた書類を押し返すようにして相手にすがりついた。外に出てディスペンサーで金を下ろしてきます、逃げたりしないように、荷物はあなたに預けておきますから、五分だけ時間をください。そう懇願すると、驚いたことに検札の男は力ずくでペンを握らせ、署名を強要したのである。私は爆発した。金額に不満があったわけではない。連中のやり口が気に入らなかったのだ。異郷でののしりの言葉を発したのはそれがはじめての経験だった。くそっ、こっちは払うと言ってるんだぞ、あんたいったいどういうつもりなんだ、おまけにこの定期は盗品でもなんでもない、正真正銘の本物だろ！　従順を装《よそお》っていたアジア人がいきなり敵を面罵《めんば》したものだから、どうやらこちらとはいささか次元の異なる罪に問われていたらしい犠牲者たちも、百万の援軍を得たかのように、そうだ、おかしいぞ、不公平だとわめきだし、なにごとかと振り返る通行人を尻目《しりめ》にほとんどつかみ合いの喧嘩《けんか》になりかけたそのとき、青いジャージを着た小柄な男の、通路に響きわたる大声で叫んだひとことが、周囲を一瞬凍りつかせた。この、人種、差別、野郎！

マグレブ系移民二世が起こす軽犯罪は、たしかに数字のうえでは否定できない負の現象として、ここ数年大きな社会問題となっていた。しかし改札をくぐりぬけての無賃乗車など、まだかわいらしい部類に属するものだろう。この程度の悪事ならフランスの若者でも平気でやっているのであり、外国人ばかりを狙ったと疑われても仕方のないあからさまな選別が許されるじゅうぶんな理由にはならない。私はといえば、精いっぱいの抵抗も虚《むな》しく、身分証明書を取り戻したい一心で、本日より半年以内に定められた罰金を支払う旨《むね》の宣誓書に泣く泣く署名したのであった。検札の男は、ご親切にもカードの番号を薄汚れたボールペンで彫り刻むように切符に書き写し、身分証明書といっしょに返してくれたのだが、晴れて有効と認定された定期を使ってそのまま暗い穴ぐらに潜る気力をなくした私は、まだ興奮冷めやらぬ同罪の連中とダンフェールの広場に出ることにした。

外はかなり濃い霧雨だった。われわれは階段をあがりきったところでしばらく空の様子をうかがい、互いの罪状を報告しつつ交通公団の悪口を言い合った。ひとりは完全な無賃乗車で、ひとりは定期に顔写真が貼られておらず、残りのひとりは私と同様、番号の未記入でしょっぴかれたらしい。偶然、三人ともモロッコ人であった。握手をして彼らと別れてから近くのカフェのスタンドで珈琲を飲み、軀《からだ》が温まったところで、雨のなかを宿舎のあるモンルージュ目指して歩き出した。とても乗り物を使う気になれなかったのだ。郊外バスの路線をたどって墓地沿いに歩き、ポルト・ド・シャチョンのあたりまでやってくると、大型スーパーの巨大なイリュミネーションが霧雨を透かして赤く浮かびあがってくる。環状道路に面していて人家に迷惑のかからない壁面に据え付けられた真っ赤な《M》。見まいとしても目に入ってくる、それはどうしようもなくわびしい眺めであり、また同時に、親しい生活圏に足を踏み入れたことを示す道標でもあった。

モノプリ、ユニプリ、フランプリ、プリジュニックといった大手スーパーが、パリの外に出るといきなり肥大化して、セルフサービスのレストランや貸ビデオ、衣料品などの小売店を擁し、広い駐車場を完備したアメリカ的な規模を獲得する。わがモンルージュの《シュペルマルシェ》もそのひとつで、薄暗い橙色《だいだいいろ》の街燈と、ほとんど変わらぬ色合いの車のヘッドライトくらいしか光のない空間に、そのネオンは圧倒的な存在感をもって赤い光明を放っていた。終バスを逃して夜遅く徒歩で帰ってくるとき否応《いやおう》なく対面するネオンのMは、モンルージュの徴《しるし》でもあったのだ。地下鉄の検札に先だって、私がアラブ系ばかりを狙っているらしき万引きチェックをはじめて目撃したのも、この大型スーパーの盗難防止用センサーの前だった。客が身につけている時計やらベルトやらの金属が反応して誤作動させるのはさほど珍しいことではないのだが、たいていは形式的にちらっと目をやるだけで素通りさせるのに、どうしたわけかあらかじめスイッチの切ってある出口で、パン屋で買うより安いラップ包装されたバゲット一本とコーラの徳用ボトルしか籠《かご》に入れていないアラブ系の男を監視員が呼び止め、紫と黄色の派手な彩色をほどこしたリュックの中身を調べたりする。それを見るたびに、なんとも言いようのない殺伐とした気分にさせられたものだった。食糧から衣類までそろっていて便利は便利だが、行けばなにがしか気が滅入《めい》る場所。それがモンルージュの入口に聳《そび》える《シュペルマルシェ》であり、私はいつのまにかこの店の「マルシェ」をあしらったイリュミネーションを、フリッツ・ラングの名作『M』の仏語タイトル、『呪《のろ》われた男、M』に引っかけて、「呪われたM」と呼ぶようになっていた。

＊

少女ばかりを狙う誘拐殺人鬼の出現で緊迫した空気が漂っている街に、今また、何人目かの犠牲者が出ようとしていた。近所の子どもたちはみな昼食にあわせて戻ってきたのに、じぶんの娘だけが二時になっても三時になっても帰らず、不安にさいなまれた母親が、質素な集合住宅の食堂の窓や、がらんとした階段の手すりから身を乗り出して娘の名を呼ぶシーンが冒頭にあって、私はこの場面の、母親の動揺だけではないもっと大きな、いわば漠然とした時代の閉塞《へいそく》をも肌で感じさせてくれる冷たい緊張感が忘れられないのだが、ちょうどそのころ、町では山高帽をかぶった小柄な男が少女に声をかけ、盲目の風船売りから細長い尾のついた風船を買って気を引こうとしていた。連続誘拐犯への警戒を呼びかけるポスターを、キャメラがクローズ・アップで映し出すと、そこに男の影がぬうっと、異様な迫力で現われ、観客を闇の世界に引きずりこむ。捜査が難航し、犠牲者が増えるにつれて人々は殺気だち、少女に話しかけた男はすべて容疑者扱いされた。犯行の性格から、警察は精神異常者の仕業と断定、犯行声明の投函《とうかん》場所を割り出して、その地域に住む元入院患者をしらみつぶしにあたってゆく。じっさい少女ばかりを狙っている男に偏執狂的な嗜好《しこう》のあることは早くから示されていて、ずんぐりした男の影が登場するたびに、画面にはきまって口笛で吹かれた「ペール＝ギュント」の一節が流れるのだ。魔王の命に背いた主人公が妖精《ようせい》トロールの群に追いつめられる第四曲。なまじ滑らかな楽器演奏ではないだけにいっそう恐怖を募らせるこのテーマとともに少女を追うのは、トロールではなくてピーター・ローレ扮《ふん》する殺人鬼だ。ただし犯人を演じたピーター・ローレは口笛が吹けず、映画で用いられた音は吹き替えで、しかもそれを吹いていたのはフリッツ・ラング自身だったとどこかで読んだ覚えがある。この映画は、監督が自身の口笛で演出したとも言えるのだ。

ところで、エイズで夭折《ようせつ》したエルヴェ・ギベールというフランスの作家が、死の直前の姿を数カ月にわたって撮影したビデオ、正確に言えば、これは彼が残した膨大な映像をひとりの女性プロデューサーが一時間弱に編集した作品なのだが、そのビデオを見る機会があったときいちばん胸に響いたのは、小説の登場人物の原型に出会えたことでもなければ、ヨーグルトや半熟卵しか食べられないほど衰弱した作家の肉体でもなく、エンディングで流れる「ピーターと狼《おおかみ》」の旋律だった。どういう計算が働いていたのか、私が子どものころには、小遣いで手の届く啓蒙《けいもう》的なクラシック廉価《れんか》版シリーズのLPに、グリーグとプロコフィエフとロッシーニが掃き溜《だ》めのようにカップリングされていることがあって、おかげで私には、「ペール＝ギュント」と「ピーターと狼」と「ウィリアム・テル序曲」の作曲者が同一人物だと信じていた悲しい一時期がある。もっとも、そのビデオで流れているのがバッハだったら、さほどの感興は湧《わ》かなかったかも知れない。小学校の音楽室で、ドイツ系の大作曲家たちのつけあわせ程度に聴かされる作品が、そこでは鮮烈な効果を発揮していたのである。死との闘いなど明るい悲しみの漂う狼との追いかけっこにすぎないとでも言いたげなそのエンディングの音楽を聴いてすぐさま『M』に採用されていたグリーグを想起したのは、一枚のLPに収録されていたということ以上に、いずれも死を予告するものだったからだろう。

　ともあれ、誘拐魔捜査のあおりをくったのは、町を牛耳る強盗団だった。取り締まりが厳しくて仕事にならないのである。誘拐殺人以外ならいくらでも悪事を働いている連中が、こうして警察の鼻をあかすためにじぶんたちの手で真犯人を探し出そうと知恵をしぼり、町中の浮浪者を動員して少女たちを見張らせることになった。警察よりはるかに組織的なこの人海戦術が功を奏し、事件の当日耳にしたのとおなじ口笛に気づいた盲目の風船売りからの通報で、一味の者がただちに口笛の男を追い、見失わないよう途中で白いチョークかなにかを使って掌《てのひら》にMの文字を書きつけると、女の子を連れ去ろうとしている犯人の背中に、すれちがいざまそれをぺたんと転写する。おじさん、なにかついてる、と女の子に言われて身体をよじり、窓ガラスに背中を映したピーター・ローレの両目が、驚きと恐怖でかっと開かれる。殺人鬼を意味する単語の頭文字M。しかもそれは、鏡に映しても形が変わらない左右対称の文字だ。追手に気づいたローレは逃走するが、やがて悪党どもに捕らえられ、彼らの手で裁判にかけられる。死刑を宣告されたローレは、それまでほとんど台詞《せりふ》のなかった鈍重な影から抜け出て、激しい口調で自己弁護を試みる。俺はいつも誰かに追われているような気がして、びくびくしながら生きてきた。けれども俺を追いつめていたのは俺自身だったんだ、じぶんの影に脅《おび》えていたんだ。突然、じぶんのなかでなにかが破裂して、気がつくと子どもを誘拐し、殺していたんだ。この苦しみがおまえたちにわかるか。

フリッツ・ラングがこの映画を撮影したのは一九三一年。ナチス擡頭《たいとう》の危機を暗に告発するかのごとき作品を世に問うた数年後、彼は当局から差し出された好条件の協力要請を断ってパリに亡命する。なるほど『M』は、もっともらしい解釈を受け入れる記号に満ちた映画だろう。冒頭の誘拐シーンから完全なる悪として描かれていた犯人が、警察より手際《てぎわ》のいい強盗団のつるしあげをくらう場面では、あたかも無実の罪を着せられ、集団狂気の犠牲となった無辜《むこ》の一市民のような弱者に変貌《へんぼう》し、彼を悪と信じて画面を追っていた観客は、いつのまにかそれまでと逆の構図を読み取って、胃の辺りにねっとりした不快感を覚えるのだ。正と負の双方を炙《あぶ》りだすローレの白目と、忍び寄る影に張りついた「ペール＝ギュント」の一節。ローレの役柄が、ダンフェール・ロシュローで捕まったアラブ人たちに置き換え可能だなどと口にするのはあまりに安易かもしれない。だがあの晩、《シュペルマルシェ》の巨大なネオンに向かって歩いているとき、さまざまな人種の体臭が澱《おり》のように溜まった薄暗いメトロの通路で数人の検札係に囲まれていたかりそめの同胞たちの表情とそのMが重なったのは、否定しようのない事実だった。すれちがいざま背中を叩《たた》かれて転写された白いMは、モンルージュの赤いMであり、同時にマグレブのMでもあったのだ。

＊

Mにひそんだある種の共闘意識を確認しあう奇妙な集まりが、日曜日になると時おり宿舎の共同テレビ室で開かれていた。といっても文化的、政治的問題を議論するわけではなく、寄り集まってテレビを見るだけのことである。ただし、プログラムと観客の面子《メンツ》だけは決まっていた。非フランス人が誘いあってF1グランプリの実況中継を見守り、なかば冗談、なかば本気で、いや、おそらく本気の割合のほうが大きかっただろうと思われるのだが、当時マクラーレン・ホンダに属して同僚アイルトン・セナとチャンピオンシップを争っていたアラン・プロストの敗北を祈ったのである。プロストはその頃、ホンダが提供するエンジンにセナとのあいだで格差がもうけられているといった主旨の、いくぶん理性を欠いた横柄《おうへい》な発言を執拗《しつよう》に繰り返し、旧フランス植民地出身の男たちの怒りを買っていた。

個人的な好みからすると、やがて圧倒的な性能を見せつけることになるウィリアムズ・ルノーと同等のコーナリングを荒馬に等しいマクラーレンで実現していたプロストの力量に少なからぬ感銘を受けていたし、ほかにもひそかに注目している若手がいたからセナ一辺倒の応援は本意ではなかったけれど、フランス人であるプロストの一挙一動が気にくわないマグレブの友らにとって、アイルトン・セナこそは、通算勝利数を着々と伸ばしつつあったF1界の王者を倒しうる唯一《ゆいいつ》の「非ヨーロッパ人」だった。欧州生まれの贅沢《ぜいたく》きわまりないモータースポーツ界において完璧《かんぺき》なマイノリティでしかないブラジル人が、憎きフランス人をたたきのめす。彼らはそれだけを待ち望んでいたのである。むろんマイノリティのなかには、日本人も含まれてはいる。だが、待てば海路の日よりあり走法といったらいいのか、上位陣が不慮のトラブルで姿を消さない限り六位入賞すらおぼつかない実力でプロストを破るのは、遠い遠い夢物語でしかなかった。そんな日本人パイロットが、周回遅れになって先頭を走る英雄と接触したりした日には、テレビ室の張りつめた空気が溜息とともに弛《ゆる》み、今度は血走った厳しい非難の目が、その男と同国人であるというだけの理由で私に向けられるのだ。アルジェリアやモロッコの、土地や文化に直接触れるのではなく、アイルトン・セナという南半球の大国からやってきた中立項を介してはじめて成立したコミュニケーションの皮相さとありがたみを、私はまだきちんと消化できていない。お互いの国についてほかにいくらでも聞き出すことがあっただろうに、われわれはそこで、アラン・

プロストという鉤鼻《かぎばな》の仮想敵を肴《さかな》に騒いでいるだけだったのである。

＊

セナが勝てなかったある日曜日の夜、不機嫌きわまりないモロッコ人とふたりで《シュペルマルシェ》に買い出しに行き、材料費を提供して私の好きな煮込み料理《タジーヌ》を作ってもらった。羊肉とクミンの匂いが鼻を刺すこの料理を褒めちぎっているうちに相手の機嫌は徐々によくなって、パリ市内の中学で数学を教えているインテリの端くれでもあり稀代《きたい》の女好きでもある彼の武勇談がいつもどおり披露された。パリの女性がいかに生意気でいかに手強《てごわ》いかを延々とまくしたてるのがこの男の十八番なのである。ひどい訛《なまり》があって話の半分も理解できないことが多く、私は料理を腹につめこむとなんやかや理由をつけてその場から逃げ去るのをつねとしていたのだが、たまたま何日か前に、つきあっていた女性から手ひどい仕打ちを受けていた彼の怒りは、とどまるところを知らなかった。あんな女、プロストより高慢ちきなやつだとぶちまける彼の腹立ちの原因はセナの敗北ばかりではなさそうで、いつまでたっても話が終わらないのに業《ごう》を煮やした私が、問題の女性の名がモニックだという情報をつかむやいなや、そういうのを「呪われたM」っていうんだ、このあいだきみに話したカルト・オランジュの罰金やスーパーのネオンとおんなじさ、マクラーレンのM、麗しきモロッコのMだよ、愛憎ともに含んだ存在なんだから、放っておけばなんとかなるさと忠告したところ、どうしたわけかそれが彼の悲しみをさらに助長したらしく、なま温いコーラを飲みながらさめざめと涙を流し、馬鹿にしやがって、あんな高飛車な娘、どこか高いところから突き落としてやりたいよと愚痴は際限なくつづくのであった。

　言うに事欠いた私は、そのとき飲んでいた缶ビールの勢いも手伝って、じゃあきみの望みどおり高いところへのぼろう、モンパルナス・タワーにでものぼって、御祓《おはら》いをしようじゃないか、と碌《ろく》でもないことを口走った。いつぞや暇を持てあましていた宿舎の住人と、《シュペルマルシェ》のネオンがモンパルナス・タワーから見えるかどうか、地図をひろげて議論したことがあったのだ。七〇年代初頭に建てられたあの地上二〇九メートルの方尖塔《ほうせんとう》の、五十何階だかにある展望台からはパリが隅々まで見渡せるらしい。とくに大きな障害物がなければ、南西の方角に、真っ赤な文字が大文字の送り火さながら燃えているはずだと私は想像したのである。もし赤い火が見えたらそれを吉兆とし、展望台でゆっくり煙草《たばこ》でもふかして、ちょうどエッフェル塔の照明が午前零時で消されるように、われらがモンルージュのMがいっさいの呪いを帳消しにして立ち消える瞬間を見届けよう。遠目には小さな点にしか見えないだろうその赤い発光体が沈黙のなかで息絶えたとき、きみは彼女とよりを戻し、私はカルト・オランジュの番号未記入で課された罰金をつつがなく滞納できるにちがいない。いくら酔っていたとはいえ、さすがの私も冗談のつもりだった。こんな突拍子もない提案を誰が真面目《まじめ》に受け取るだろう。ところが涙顔の男は、甘ったるいコーラによほど理性を狂わされていたらしく、よし、あんたのその、極東の幻想を実現してやろうじゃないかと乗り気になってしまった。言い出した以上、いまさら引き下がるわけにはいかない。早々に身支度を済ませて、われわれは夜の街に飛び出した。

休日の、それもかなり遅い時間だったので、間隔のあいているバスを待たず、徒歩でアレジアからメーヌ街をたどってモンパルナスを目指した。この種の思いつきには、しかし不思議とこころを昂《たかぶ》らせるものがある。夜中に口笛を吹くと泥棒が来ると親にたしなめられたのはいつのことだったか、高所にのぼるという冒険に早くも酔いしれていた私は、これもまじないのうちだと言い訳しながら、人攫《ひとさら》いも盗人《ぬすっと》も恐れずに「ペール＝ギュント」を口笛で吹きつづけ、相棒は相棒で、もうすっかり機嫌を直して鼻歌まじりに夜の遠出を楽しんでいる。寒くも暑くもない、散歩にはもってこいの気温だった。空気は澄んでいて、メーヌ街の先に聳《そび》え立つ高層ビルが、手で触れられるほどの距離に見える。ゲテのあたりでいくぶん足を速めて通りを右に折れ、ようやくたどり着いたモンパルナス・タワーの足もとへ勇んで走り寄ると、なんとしたことか、展望台への通路は閉じられていた。営業時間は午後十一時半までとあって、そのとき時刻はすでに十一時四十分をまわっていたのである。しかも御祓いをするはずだった聖域へとつながっているエレベーターの利用には、数十フランの料金がかかると判明した。かりに時間があっても、これではたぶん諦《あきら》めて帰途についていたことだろう。口笛まで吹いて歩いてきたあげくがこのざまだ。すっかり気落ちした私を、こんどは色男が慰める番だった。なあ、そうがっかりするなって、あんたはどうあれ、俺には気晴らしになったよ。しかしそんな言葉がなんの役に立つのか。かりにこの男が女ともだちとよりを戻したとしても、私の方はみずからの罪を認めて、陸運局にばかばかしい罰金を送ることになるだろう。

モンパルナス・タワーから「呪《のろ》われたM」が見えるかどうか、私はいまも知らない。

珈琲と馬鈴薯《ばれいしょ》

比較的大きなアーケードを擁した中央部の、鉄の骨組みを取り囲むようにして小さな庇《ひさし》のついたスタンドが軒を連ねているその市場は、ごくふつうの集合住宅の奥に隠れた午後の中庭のように静まりかえっていた。大勢の買い物客でごったがえしている日曜の市場もいいけれど、こんなふうに午前の仕事を終えて誰もが暇を持てあましているような平日の昼間も捨てがたい。客が少ないぶん素通りが許されないので、まったく予期しない物を買わされるという自虐《じぎゃく》的な愉しみを味わうことができるからだ。市場の存在をかぎつけるとべつだん用などありはしないのにふらふら足を踏み入れてしまう私の性癖が根治不能となったのは、東京の私鉄沿線にまだ残っている、商店三元素ともいうべき肉屋と魚屋と八百屋がコの字型にならんだ小型マーケットの影響だろうと思う。肉は肉屋で、魚は魚屋で、野菜やお総菜は八百屋で買うのが礼儀であると胸に言い聞かせたはずなのに、肉屋で豚コマを包んでもらっている最中、レジの隣に積まれた、箱全体にうっすらと油膜が張ったような、賞味期限ぎりぎりのカレー・ルーやウスターソースをもいつのまにか申告しているじぶんに驚くことがしばしばあって、要するに私は、ひと所にいろんな物が集まったアジア的空間に身を置いていると安心するらしいのだ。そんなわけで異郷にあっても、駅の売店やアラブ人の八百屋に入れば少なからず理性を失い、予想だにしなかった買い物をする羽目になる。ちらほらと中年の女性客が見えるだけのその閑散とした市場で購買病の発作に襲われたとしても、だから驚くにはあたらない、ごくありふれた事態なのだった。私の注意を引いたのは、貧相な八百屋のスタンドの白いプラスチックの笊《ざる》に盛られていた、歪みたいな形の、食べ物かどうかも判然としない、錘状によじれた黄色っぽい物体だった。臆病《おくびょう》な私が、毛虫にでも触れるように恐る恐る指でつつきながら訊《たず》ねた野菜の名を、店のおばさんは愛らしく《クローヌ》だよと教えてくれた。いまの季節しか出ない珍しいものだからね、原産地は中国だって聞いたよ、死んじまった旦那《だんな》の話だからどこまで本当かわかりゃあしないけれどさ。

微笑を浮かべ、なおかつしみじみした口調でそう言われたものだから、臆病なだけでなく情にももろい私はついほだされて、高価な初物をひと山買ってしまったのだが、その晩、半信半疑のまま、教えられた通りに塩茹《しおゆ》でしてバターで炒《いた》め、肉の付け合わせにしてみたら、これがけっこう美味なのだった。どことなく馬鈴薯に似てはいるけれど、もっと香ばしく、上品な舌触りである。感激さめやらぬうちに引いてみた手持ちの仏和辞典によれば、「クローヌ」は《CROSNE》と綴《つづ》り、しかもそれは一八八二年に日本から輸入された植物で、最初に栽培を試みたエッソンヌ県の村の名前に由来するという。訳語、すなわち元来の和名は、「チョロギ」。恥ずかしいことに、私は「チョロギ」の何たるかを知らなかった。そこである同胞の置き土産として書架に君臨していた『広辞苑《こうじえん》』を引っ張り出してみると、「チョロギ」には「草石蚕」の漢字があてられ、中国原産、シソ科の多年草とある。「晩夏に地下に生ずる巻貝に似た塊茎は食用で、赤く染めて正月の料理に用いる」。このくだりを読んで私は思わず苦笑した。「クローヌ」は仏国の珍味などではなく、正月料理によく黒豆などといっしょに和《あ》えて出す、あの日本の食材だったのだ。

いずれにせよ味は良かったし、それがたしかに中国原産で、日本の伝統的な料理にも使われることを伝えるために、二週間ほどしてまた市場に足を運ぶと、おばさんは私のことをちゃんと覚えていてささやかな研究報告にも喜んでくれたので、性懲《しょうこ》りもなくまたひと握りわけてもらったのだが、彼女のすぐ後ろで死んだはずの旦那らしき男がまめまめしく働いているのを見て唖然《あぜん》としてしまった。こちらの表情に気づいて、いたずらっぽくウインクしてみせたから、連れ合いなのはまちがいなかった。商売のために旦那を死なせて悪びれもしない彼女の態度はいっそすがすがしく、私も機嫌がよくなって、前回は覗《のぞ》かなかった反対側をひとまわりするためにむこう正面へ抜けたところ、薄暗い通路の、そこだけ空気が澱《よど》んでいる屋台の一角に、淡い紫と青のまじった、やわらかい光の筋が見えた。近づいてみると、その紫がかった淡い青の帯は、一列にならべられた可憐《かれん》な花の鉢植えだった。鉢の棚の前に置かれた低い円椅子には、色褪《いろあ》せた黄色いトレーナーを着た店番らしい黒人が腰掛けていた。いびつな球形の野菜の入った箱が隣にいくつも積んであるところからすると、どうやら馬鈴薯の花のようだ。飛燕《ひえん》鳴けり馬鈴薯の花咲く丘に、と詠《よ》んだ俳人は誰だったか、もし本当に馬鈴薯ならば、この句を走り抜ける燕《つばめ》の速度や丘の上に広がる空の開放感からはほど遠い異郷の市場の通路で、私はじつにもって久方ぶりに馬鈴薯の花を目にしたことになる。紡錘形や円筒形の、皮の色も実の堅さもさまざまな馬鈴薯を幾種類か常備している八百屋ならあっても、こんなふうに花まで飾っている店には、少なくとも都会ではお目にかかったことがない。

赤茶けたフェルト地の帽子をかぶった店番の男は、長い足を窮屈そうに折り畳んで片方の膝《ひざ》に両手を重ね、じっと動かなかった。トレーナーにはところどころ土がついているから、ただの仕入れ業者ではなく、じぶんの畑でとれた作物を売りに来ているのだろう。またそうでなければ、花まで大切にしたりするはずがない。男には会話を交わそうという意志がまったく感じられず、商品価値をアピールして客の気を惹《ひ》くチョロギおばさんみたいな気力もなさそうだった。もっとも花が咲いてからひと月は経《た》たないと新しい馬鈴薯は収穫できないわけだし、箱に入っているのはひねショウガならぬひねジャガ一種類だけで、よほど金のない人間しか興味を抱かないような品揃《しなぞろ》えではあったのである。しかし本体よりも花の方に目を奪われた私は、とりあえず搦《から》め手から攻めることにして、しなびた馬鈴薯を数個、慎重に選んで手渡すと、彼はそれを、私の倍以上はある手品師みたいな節くれだった長い指でつまみあげ、電子秤《ばかり》にのせて馬鈴薯の絵が描かれた平たいボタンを押し、出てきたレシートと品物をまとめてこちらに寄こした。金を受け取る段になって男はようやく静かな笑みを浮かべ、いかにも大仕事をやり遂げたとでも言うように、ふたたび低い円椅子にゆっくり腰を下ろし、先ほどと変わらぬ姿勢で前を向いたまま黙り込んでいる。私は金を払ったあともしばらく台から離れず、作戦どおりそれとなく鉢に身をかがめて、これは馬鈴薯の花かと訊ねてみた。返事はなかった。今度はもう少し大きな声で訊ねてみた。やはり返事はなかった。

——ナヌーは耳が聞こえないんだ。

隣の屋台で布きれやらボタンやらこまごました日用品を売っていたアラブ人が、男に代わって答えた。

――なんですって？

――そいつは耳が聞こえないんだよ。

耳が不自由とあれば文字で伝えるしかあるまい。私は持っていた手帳に、これは馬鈴薯の花かと書いて、ナヌーと呼ばれた大柄な男に見せた。小さく頷《うなず》いたので、売り物ならひと鉢欲しい、とつづけてみたところ、のっそりと立ち上がり、列の真ん中にあったいちばん大振りな花の鉢を取りあげて、ビニール袋に入れてくれた。金を払おうとしたが、手振りでいらないと言う。売り物ではなかったのだ。それでは申し訳ないとばかり私は商品の方を一キロ分買い足して謝礼代わりとし、クローヌと馬鈴薯、そして素朴な馬鈴薯の花を不器用に抱えて帰途についたのである。

＊

その直後、ジャン＝ベルナール・プゥイの新刊を開いて、私はまた不思議な巡り合わせを感じないではいられなかった。『フォントネーの美女』と題されたその《セリ・ノワール》第二二九〇番の主人公は、宅地開発の波から逃れたパリ郊外の一画で細々とした菜園を営むスペイン系移民の老人で、しかも聾唖《ろうあ》だったのだ。彼の名はエンリク・ジョヴィヤール。一九二九年、カタルーニャ地方に生まれ、両親を亡《な》くしたあと、一九三八年三月に姉とフランスに不法入国、同年九月に政治亡命扱いとなって、十年後にフランス国籍を取得している。事故で聴覚を失ったのは、晴れてフランス人となってからのことのようだ。その後、無政府主義運動の活動家として罪に問われたが特赦され、ヴァル・ドワーズ県イトリーの国鉄職工長、ついで『鉄道生活』誌編集長を歴任、五十五歳で定年前退職したあとは、猫の額ほどの畑で馬鈴薯の栽培に精を出す日々である。虚構の舞台としてのパリ郊外は、プゥイその人の出自とも関わっているが、現代フランス・ミステリの紋切り型のひとつでもある。わりあいのんびりした治安のいい地区に設定されているとはいえ、エンリクの菜園は操車場と発電所が目と鼻の先にある典型的な光景のなかに収まっており、「巨大な手引きのこぎりの、擦り切れ、鉋《かんな》をかけられたシルエットに似ていた」と表現されるイトリー平野は、コンクリートの高層団地にいつかは蚕食される運命の、潜在的なノー・マンズ・ランドなのである。

季節は春。エンリクの頭を悩ませているのは、どの馬鈴薯を植えるかという問題だ。フランス語で《pomme de terre》、すなわち「大地の林檎《りんご》」と表現されるこの食物を一語で言い表わせば、《tubercule》。プゥイの小説のなかでは出来のいい方に属する『フォントネーの美女』の冒頭でこの単語が出てきたとき、情けなくもそれを「結核」と読み違えて意味をつかめなくなり、私の目はしばし活字のうえを泳いだ。《tubercule》とは馬鈴薯や薩摩《さつま》芋《いも》のような塊茎、塊根のたぐいの総称で、医学方面では結核結節を意味していたのだ。ラテン語の素養がなくとも、「結核」という字面《じづら》を見れば日本語からそれなりに想像できたはずのことなのだが、かつては不治の病であった結核と、栄養価の高い馬鈴薯が文字どおり「同根」だなどと考えもしなかった私は、インカ帝国の時代、はるかペルーのアンデス高地からコンキスタドールが持ち帰った植物が食用になりうることを研究を重ねて確定し、フランス全土に普及させた、十八世紀の偉大な軍医にして薬学博士アントワーヌ＝オギュスタン・パルマンチエや、江戸中期、すなわち十八世紀半ばに救荒策として甘藷《かんしょ》を広めた蘭《らん》学者、青木昆陽の名を記憶の底から引き出し、もしかしたら薯《いも》類は、近代におけるペニシリンよりもはるかに多くの人々の命を救ってきたのではないかと思い至って、ある種の感動を禁じ得なかった。あの博学の詩人ジャン・フォランが、ささやかだが熱のこもった『馬鈴薯礼《らい》賛《さん》』を書いたのも、それで納得がいくというものだ。フォランはアンデス山中から欧州への馬鈴薯輸入史を展開し、この塊茎がフランスの土地に植えられたのは十八世紀初頭のことで、まずはフランシュ＝コンテ、ブルゴーニュ、ロレーヌ地方に根付いたと語っている。当初は毒性のある植物とされ、癩病《らいびょう》の元凶として栽培は禁止されていたらしい。その誤解を解いたのが、先のパルマンチエだったのだ。

もっともフォランの馬鈴薯讃歌《さんか》は、過去の偉人たちへの敬意というより、故郷ノルマンディー地方のマンシュ県で過ごした幼少時の思い出と密接にむすびついている。一九六六年にロベール・モレル書店から初版が出たフォランの小さな本のなかで私が愛着を感じるのも、ぽつりぽつりと語られる昔話の方だ。たとえば《アーリー・ローズ》の愛称をもつ品種の話。皮ごと食べるのに適したこの馬鈴薯の名は、肉の色ではなく早生《はやな》りの性質に由来し、その代償として肌に合わない土壌では傷《いた》みやすいという欠点があって、だからフォランの父は、一家の大切な《アーリー・ローズ》に不可欠な肥料として、コタンタン半島沿岸部に堆積《たいせき》する栄養価の高い砂泥《さでい》を仕入れるために、毎年サン・ロー近辺の河口へ出かけて行った。

またこんな挿話もある。フォランの祖母が住んでいたカニジーという町に、南仏出身の治安判事がいて、その人があるとき、肉が紫で皮が黒の、あまり美味とは言いがたい馬鈴薯を持ってきてくれた。紫色の肉は、まるで魔法にかけられているようだったとフォランは書いているが、一家は殊勝にもそれでミルクとバターをたっぷり加えた紫色のピューレを作り、子どもらは大いに喜んで食べたという。じつは私も、どこかの八百屋で品種など確かめずに買ってきた馬鈴薯の皮を剝《む》いたら、打撲傷そっくりな薄い紫の肉が出てきてなにかの病気ではないかと怖《おそ》れをなし、そのままごみ箱に投げ入れた経験がある。そういう種類の薯だとわかっていれば、また色鮮やかなピュレにする機転が働いていれば貴重な食材を無駄にすることはなかったろうに、フォランの言うとおり、紫色の馬鈴薯には呪《のろ》いでもかけられたような迫力があったのだ。ともあれこの詩人がつむぎ出す馬鈴薯の物語は、どれも興味尽きない。馬鈴薯と人間の頭部に類縁性を感じていたペルーのインディアン、まるごと塩茹でし、適度に冷ました馬鈴薯の皮を剝く快楽について語ったフランシス・ポンジュ、インドシナ戦争終結後の最初の食事でポテトフライを注文したカストリ将軍について語るロラン・バルト。こうした魅力的な断片をとりまとめているのが馬鈴薯の奥深さなのであって、ジャン＝ベルナール・プゥイの主人公エンリク・ジョヴィヤールが信じて疑わないのも、まさにそれだったのだろう。

ところでエンリクが土中に埋めた品種は何だったか。長期保存を考えれば、肉の固いものを選ぶのが常套《じようとう》である。《ラ・シャルロット》は持ちが悪いし、《ラ・ローザ》は九月まで収穫できない。《ラ・ラット》は《ノワールムチエ》とともに最高級品ではあるが、パリ郊外の小さな栽培地ではうまく育たない。最終的に彼が手にしたのは、茹でても崩れない程度の、可もなく不可もない安全圏にとどまるBF15、すなわち《フォントネーの美女》だった。保存用馬鈴薯《ばれいしょ》の一〇パーセントから一五パーセントを占めるこの品種は、いくらか脆弱《ぜいじゃく》な反面、三月に植えれば六月には収穫できる利点があるのだ。しかし二袋分の種芋を植えたところで、エンリクは事件に巻きこまれる。菜園近くの高校に通っていた顔見知りの少女が何者かに殺害され、彼の畑の、水をためる大きな樽《たる》のなかに遺棄されていたのだ。ローラという名のその少女は時おり菜園に遊びにやってきていた、エンリクの数少ない話し相手のひとりだった。当然ながら前科のある老人に嫌疑がかかるが、彼には犯行当日、行きつけの飲み屋で仲間とカードゲームに興じていたという立派なアリバイがあり、事件はその後しだいに迷宮入りの様相を呈して、新聞報道も日を追うにつれ小さくなっていく。だが貴重な理解者だったローラの姿が忘れられない反骨の老人は、郊外の高校生がたむろするバーを皮切りに、真相究明に乗り出す。ローラが幾人かの教師と肉体関係を結んでいたことが明らかになるにしたがって、物語はいわゆる「悪女もの」への接近を匂わせてそこそこに読者を引っ張るのだが、六八年世代の、毛沢東主義を奉ずる教師たちが荒廃させた教育現場の悲劇に訴える結びはいかにも弱く、筆談で調査を進める素人探偵の横顔と馬鈴薯の加護がなければ、そして「813ミステリ大賞」と「批評家大賞」を授けた外部の評価がなければ、あまり推奨できる作品とは言いがたい。にもかかわらず、聾唖の馬鈴薯づくりが少女の死にかこつけて追いつづける青臭くも美しい理想にほろりとさせられるのも事実で、おまけにナヌーからもらった鉢植えの花の色が、まぎれもなく《ラ・ベル・ド・フォントネー》の属性である薄い青だったこともあって、この小説は文学作品としての価値判断の停止を私にうながすのである。

＊

さて、その馬鈴薯を売っていた大男のナヌーが、ながらく廃物になっていた古い焙《ばい》煎機《せんき》を譲り受けて、とつぜん珈琲豆を扱いだしたのはいつの頃だったか。ナヌーの耳が不自由だと教えてくれたアラブ人の小間物屋に言わせれば、暑さに強いのと耳の悪いのを逆に見込まれ、彼の屋台と背中合わせになった珈琲屋の木造小屋でとんでもない音をたてる機関車なみの焙煎機を時々いじっていたらしいのだが、私が立ち寄るようになったときには前の持ち主が店を閉じたあとで、豆の匂いはすっかり絶えていた。それがいつのまにか、青い馬鈴薯の花が置かれていた棚の隅に、二五〇グラムずつ仕分けた珈琲豆——馬鈴薯とおなじく、一種類だけのブレンド——の袋がならぶようになったのだ。いかにも不器用な豆の扱い方から察するに、ナヌーにとってこの仕事は完全な副業にとどまるようだった。焙煎機の持ち主は、需要の多い種類の捌《さば》き方だけを彼に伝授したのだろう。粗末な工房の豆は相当に強い煎《い》りで、パッキンのあるガラス容器に入れて常温で保存しておくと豆から滲《にじ》みだした油がそのガラスの内側に煙草《たばこ》の脂《やに》さながらべったり張りつき、中が見えなくなるほどだった。

味の方は、しかし格別だった。ナヌーには申し訳ないと思いながら、私は途中から、馬鈴薯ではなく珈琲豆を目当てに出かけるようになっていたのである。当時はペーパーフィルターを使わず、穴のあいた筒をポットの上部にとりつけ、そこに直接粉を入れて湯を落とす仕組みの、掃除がやたらと面倒なアルミの珈琲ポットを愛用していたのだが、いい加減に開けられた穴を粒が抜けてしまわないよう粗挽《あらび》きにして湯を差してみると、どういうわけだかけっして新鮮ではないはずのナヌーの豆だけが腰の座った味を出す。これはまったく理解に苦しむ現象で、赤ん坊には与えられないほど質の悪い水道水やフィルターなしのドリップとの相性がいいとしか考えられなかった。私はあまり酒を飲まないし、煙草だってひとなみにしか吸わないから、愉しみといえばあちこちの焙煎屋で仕入れた濃い目のブレンドを丁寧に淹《い》れて、ゆっくり胃に流しこむくらいのものだ。つまり店の数だけは多く試している。それなのにどれもこれも私のポットでは力弱くて、なぜかその、本業ではない雇われ店主が、教えられたとおりに、音ではなく匂いと色を頼りに煎った豆だけが舌にしっくりくるのだった。

ところが、ようやくにして理想の珈琲豆を探し当てたと喜ぶ暇もなく季節は一巡し、ふたたびクローヌが出まわるようになった頃、皮肉なことに市場は区の再開発地域に指定されて、より衛生的な屋根付き市場に生まれ変わることになった。それからはあっというまの出来事である。告示された期日までにすべての店が立ち退いて細い路地は鉄柵《てっさく》で閉鎖され、看板がはずされた。涙を流すまでもなかった。もう慣れっこになっていた光景なのだ。うちはずっとここさと安心させてくれたチョロギのおばさんとはちがって、アラブ人の小間物屋は改装後のテナント料が払えないからもう戻ることはないと淋《さび》しそうに話してくれたし、生気のない魚をならべていた屋台のおじいさんも店を閉じると教えてくれた。けれどもナヌーとは話などしなかった。もともと会話のできない男であることが、その時ばかりはありがたかった。

いよいよ撤退が近づいた夏休み前のある日、ナヌーは珈琲の生豆に穴を開け、肉屋にもらった糸で数珠《じゅず》状につないだ首飾りを私にくれた。故国でそういう細工に従事していたのだろうか、簡素ながら丁寧な作りで、白い豆がけなげに肩を寄せあったその贈り物は、別れの挨拶《あいさつ》であるようにも感じられた。じっさい夏を過ごしてふたたび訪れた市場は、予定どおり誰もいない廃墟《はいきょ》となっていたからである。ふだんは整理の苦手な私でも、さすがにこれはあだやおろそかにはできないと、わざわざ丈夫な缶に入れて保管しておいたのだが、二度目の引っ越しの際、手伝いの人間があやまって処分してしまい、気づいたときにはもう後の祭りだった。

ずいぶん経《た》って、ある大手珈琲メーカーの広告で、生豆に金メッキをほどこした特製ペンダントが漏れなく当たるという惹句《じゃっく》を見つけた。なくした首飾りのことがずっと頭にあったから、どうしてもそれが欲しくて、美味《うま》くもない真空パックの珈琲を必要な数だけ買い、応募券を台紙に貼《は》ってプレゼント係に送付した。ところが、すっかり忘れかけた頃に届いた包みに入っていたのはペンダントトップだけで、チェーンはなかったのである。「漏れなく当たる」とはそういう意味だったのだ。かつがれたような気分で、きれいに金メッキされた一粒の珈琲豆を掌《てのひら》に載せてみると、それは綿のように軽くて、あるのかないのかわからないほどだった。月に一、二度顔を合わせていたとはいえ、私とナヌーのつきあいなど、所詮《しょせん》はこんなふうに乾燥した豆の飾りにも及ばない、軽いものだったのかもしれない。それにしても、馬鈴薯と珈琲豆を扱う耳の不自由な男に私はなにを期待していたというのだろうか。発行部数五〇〇部程度の中身の濃いフランス書と、それに匹敵するほど濃厚な自家焙煎のブレンド、さらには状態のいい中古の「バビーフット」を置いた喫茶店を出すという埒《らち》もない夢物語に、もうひとつじぶんの手で栽培した有機栽培の馬鈴薯でも加えるつもりだったのだろうか。生まれてこのかた、私が土から掘り出した薯といえば、初対面の日にナヌーがくれた、花が枯れ、葉もしぼんだあと出てきた胡桃《くるみ》大の塊茎ひとつだけだ。あの市場が閉じられて以来、馬鈴薯と珈琲豆だけを扱うような店には出会っていないし、ナヌーの店を理想に掲げて似たような商売に手を染めたいという欲望に屈したあげく周囲に迷惑を掛ける仕儀にもいたっていない。理想は理想として、私はとりあえず暮らしの成り立つ仕事にありついて、それを節度ある行いだと信じるふりをしているのだ。そういえばあの國木田独歩は、「牛肉と馬鈴薯」の登場人物にこんな台詞《せりふ》を吐かせていた。「例へて見ればそんなものなんで、理想に従がへば芋ばかし喰《く》つて居なきやアならない。ことによると馬鈴薯も喰へないことになる。諸君は牛肉と馬鈴薯と何《ど》ちが可《い》い？」。

私は馬鈴薯党なのか牛肉党なのか。結論は、まだ出したくない。

のぼりとのスナフキン

私鉄特有の、狭くるしいけれどそれなりに風情《ふぜい》のあるホームが改修されてずいぶん味気なくなった駅をゆるゆると抜け、進行方向右手に「たま川」という建設省認定の看板が見えてくると、ほどなく対岸の土手にへばりついている見晴らし台のような登戸のホームが迫ってくるのだが、私の目が奪われるのは、左手の小山のうえに顔をのぞかせている遊園地の観覧車ではなく、やはり右手の、つまり東京都側の中州の飛び領土に首を高くもたげた起重機と、これはおそらく護岸工事のトラックが使うためなのだろう、鉄道橋とならんで伸びている薄緑色の多摩水道橋のわきから十手みたいに突き出した赤い鉄の橋の方である。なんというか、こうした間に合わせの建造物が妙に気になる性分なので、いつかこっそり渡ってやろうと毎度のように念じているのだが、夢を実現するには川を越える前の和泉《いずみ》多摩川で下車したほうが便利に決まっているのになぜそうしないかといえば、それはもっぱら「のぼりとでおりる」という語義矛盾を実践したいからなのである。

南武線との乗り換えがあるため間歇《かんけつ》的に人波にさらわれる登戸は、その近辺に住んでいる方々には申し訳ないけれど、町への入口ではなくたんなる通過点に貶《おとし》められている風情の、どことなく不遇な匂いの漂う駅だ。週に何度か白地に青いストライプの鈍行列車で南武線をまたぎ、遊園地へ向かうモノレールの誘惑を断ち切って旧陸軍払い下げ地だとされる生田の山の勤務地を目指すのがこのところの生活パターンなのだが、通勤時間を節約するべく途中で急行に乗り換えたとたん、気がゆるんで意識を失い、はっと目を覚ますともう新百合ヶ丘であったり相模大野であったりすることが一再ならずあり、そんなとき私は、早朝の不幸を嘆くかわりに、スズキコージの文に片山健が絵をつけた『やまのかいしゃ』（架空社）の主人公ほげたさんを思い出すようにしている。ほげたさんは朝が苦手で、昼過ぎになってようやく床を抜け出し、あわてて電車に飛び乗ったはいいがトイレのスリッパを履いたまま鞄も眼鏡も忘れてきている勇猛果敢なサラリーマンだ。おまけに本当なら高層ビルの林立する都心に向かうはずの列車の窓からは美しい緑の山が見えてきて、あわれ下り電車に乗ってしまったほげたさんは、しかし終着駅までいっこう動ずる気配がないのである。

　ほげたさんは、ふらふらと、でんしゃからおりると、えきのべんじょにはいって、これからどうするか、かんがえてみました。いいかんがえがうかばないので、べんじょからでて、えきいんのひとに、わけをはなすと、えきいんのひとはくびをかしげながら、こまったかおをして、えきのそとへだしてくれました。ほげたさんは、こうなったら、きょうは、やまのかいしゃへいこうとおもいました。

ほげたさんは山の頂上を会社に見立ててずんずんのぼっていき、道なかばで同僚のほいさくんに出会うという驚くべき体験をしつつそれを不思議とも思わずに平然と挨《あい》拶《さつ》を交わし、あげくの果てにほいさくんが持っていた携帯電話で、ここは空気がいいからと、社長以下、会社の面々をすべて「やまのかいしゃ」に呼んでしまう。この途方もない展開の物語に触れてわが身の未熟を認めざるをえないのは、新百合ヶ丘ていどで蒼《あお》ざめるなら、いっそ本厚木からバスに乗り、七沢温泉の「やまのかいしゃ」に出かけて猪鍋《いのししなべ》でもつつくか、そのまま終点まで寝直して「うみのかいしゃ」に向かい、新鮮な海の幸を食べるぐらいの度量がないからである。とはいえ午後から退屈な寄り合いがあるような日には、少し早めに家を出、階段の延長のごとき登戸の悲しみに波長をあわせて下車すると、狭苦しい商店街と架線下を抜け、貸しボート屋の周囲のほんのりした空気を求めて土手沿いを歩くことがあり、たとえば今日も午後遅く、目先の仕事に必要な資料を取りに行くついでに散歩でもしようと思って、小型の保温水筒に珈琲を直接ドリップで落とし、最寄り駅の前のパン屋で小倉あんぱんなんぞ仕入れて足どりも軽やかに「のぼりとでおりた」のだが、売店が休みで閑散としている斜面を下りようと一歩足を踏み出した瞬間、コンクリートの升目の縁に足を取られてつんのめり、水のなかに身を投げ出す直前で持ちこたえるという失態を演じてしまった。爪先の痛みをこらえ、恥ずかしさをごまかしながら涼しい顔で身体を起こせば、対岸の護岸工事現場を囲む塀のうえに、私の横着を戒めるような《安全第一》の看板が見える。なるほど安全第一かと反省しつつ一服しようとしたところ、今度はあいにくと火がなかった。売店は休みだし駅前の商店街まで戻るのも面倒くさい。火をわけてもらえそうなのは、つまづいたとき思わず発した私の声に顔を向けた釣り師のご隠居ひとりである。火はありますかと訊《たず》ねると、ご隠居は快く百円ライターを貸してくれたのだが、私が取り出したチェリーの箱にちらりと目をやると、お若いのに珍しい煙草《たばこ》を吸っておられますなあとさも感心したふうに言い、わたしも昔はチェリーを吸ってましたよ、なにしろ開封したときにぷうんと鼻をつくあの甘い香りがいいでしょうと同意を求める。まったくその通りですねと、べつだん話を合わせるわけでなく本心でそう答えたあとお礼に一本すすめてみたのだが、大病してこの方、医者の命令もあってなるたけ弱いやつを吸ってるんですよと、老人は皺《しわ》くちゃになったキャスターをポケットから出して見せてくれた。

しばらくのあいだ、黙って前方を見つめながら、私たちはそれぞれの煙草を味わった。流れのあまり感じられないひらべったい水面に、赤と黄色に塗装された起重機本体と、その先から伸びている鉤《かぎ》のついたワイヤーが、細かい波に揺れる美しい模様を映し出し、背後の水道橋の線と交錯してアンデス高地さながらの巨大な図絵を広げているその上に烏《からす》と鷺《さぎ》が舞って、なにかを弔うように白黒の澪《みお》を曳《ひ》いている。だがなにを弔うのか？　例外的な大雪に見舞われた今年の冬を？　ついに冴《さ》えなかった私の青春を？　それともここではないどこか遠い街の記憶を？　目黒にあった「やまのかいしゃ」を辞め、川崎のはずれに位置する新しい「やまのかいしゃ」に移って半年後の夏の終わりから曖昧《あいまい》に書きはじめられた一連の散文がついこのあいだやはり曖昧に終結し、責を逃れていくばくかの安堵《あんど》に浸っている胸のうちでくすぶっていた杳《かす》かな街の記憶が、いま後背の西側から滲《にじ》みだした浅紅を照り返す川水にゆっくりと溶解していく。あれら虚構の街にもうしばらくたゆたっていたいとの想《おも》いと、一刻も早く抜け出したいとの想いに引き裂かれつつ、私がいま、ひとつの理想として呼び寄せようとしているのは、「やまのかいしゃ」に出かけたほげたさんではなく、引きがあるまでの間をつぶそうと、おもむろに小さなハーモニカを取り出してフォスターの曲を吹きはじめたわが釣り人同様、川べりで釣り糸を垂らしてはこころに浮かぶ音を拾っていたさすらい人の存在だ。ただし最初に姿を現わしたときその手にあった楽器はハーモニカではなくギターで、私の記憶が確かならば、彼はマイナーコードのこんな歌詞を口ずさんでいた。

雨に濡《ぬ》れたつ
おさびし山よ
われに語れ
きみのなみだのそのわけを

夕陽に浮かぶ
おさびし山よ
われに語れ
きみのえがおのそのわけを

断るまでもなく、私が触れようとしているのは、井上ひさし作詞の主題歌で幕をあけるテレビアニメ版の初代『ムーミン』であり、西村裕行の野太い声で吹き替えられたさすらいの人スナフキンは、岸田今日子の雄弁な不協和音を得た主人公ムーミンの相談役として忘れがたい存在だった。テレビだけではなく雑誌附録のぺなぺなした赤いソノシートで私は何度かこのおさびし山の歌を聴いた覚えがあるのだが、橙色《だいだいいろ》の帽子に赤いマフラー、黄色いシャツ姿でギターを手にしたスナフキンは、緑色の帽子と緑色のコートに身を包み、ハーモニカを手放さないトーベ・ヤンソンの原作とは似て非なる苦みばしった吟遊詩人であった。『スター・ウォーズ』的な異人たちの集うムーミン谷に彼が現われる季節は夏場と決まっていて、小さな橋のたもとにテントを張って気ままに暮らし、秋風が吹く頃またふらりと旅に出てゆく。スナフキンは、日曜日の夜七時半から八時まで、暖炉の燃える暖かい部屋で冷たいカルピスを飲むブルジョワ家庭の閉ざされた空間を横目で見ながら、谷間に未知の広がりを与える貴重な行動者として、ながいあいだ私の憧《あこが》れの的だった。

もっとも、ムーミンの声を岸田今日子から高山みなみが受け継いだ新シリーズでは、スナフキンはより原型に近く、思慮深いけれどやんちゃなところもある少年のように描かれていて、それはそれで気に入ってはいるのだが、幼少期に目に焼き付いたテレビアニメの影響は予想外に強く、私のなかでのスナフキンのイメージは、おさびし山に美を見いだす詩人として定着してしまったのである。じっさい初代シリーズの設定は原作と相当に異なっている。スノークの妹はノンノンではなく「スノークのおじょうさん」――新シリーズではフローレン――だったし、そもそもスノークはムーミンと別種のトロールに属していて、当初はムーミン谷の住人ですらなかった。寒気を呼ぶ怪物モランは、本来なら女性扱いで、黒豹《くろひょう》にまたがり、巨大なルビーを求めて時空を超えるあの「飛行おに」がムーミンママにごちそうされるのは、木苺《きいちご》のジュースではなくてパンケーキとジャムだった。だがそんな異同を調べあげたところで何の役にも立ちはしない。アニメと原作はべつものであり、典拠とすべきはヤンソンの作品なのだ。

ムーミンがはじめてスナフキンと出会うのは、スニフといっしょに天文台への旅をしている最中のことだった（『ムーミン谷の彗星《すいせい》』）。以後、彼らは適度な距離をたもった、混じりけのない真率な友情で結ばれる。スナフキンは、ひとりの自由人だった。スノークのような虚栄心もなければ、じゃこうねずみのような厭世感《えんせいかん》も持ち合わせていない開かれた精神の持ち主。「スナフキンは、おちついていて、なんでもよく知っています。けれども、じぶんの知識をひけらかすようなことはしません。スナフキンから旅の話をきかせてもらえることがあると、じぶんもひみつの同盟にいれてもらったような気がして、だれでもとくいに思うのでした」(『ムーミン谷の夏まつり』、下村隆一訳)とあるとおり、必要最低限のことしか口にしないのに相手の蒙《もう》を啓《ひら》く産婆《さんば》術の達人であり、たとえば自己嫌悪《けんお》に陥っていたヘムレンさんの心をもなごませ、「きみといっしょにいると、ほんとうにたのしいよ」と言わしめる(『ムーミン谷の十一月』、鈴木徹郎訳)。あるいはまた、好き放題で負けん気の強いちびのミイ──『ムーミンパパの思い出』によれば、スナフキンはムーミンパパの友人ヨクサルとミムラ夫人とのあいだに生まれた子で、ミイとは異父弟の関係にある──ともごく自然に順応し、「たいせつなのは、じぶんのしたいことを、じぶんで知ってるってことだよ」(『ムーミン谷の夏まつり』)とさりげなく波長を合わせてみせる。自然のなかで肩肘《かたひじ》張らずに暮らす彼には物欲もなく、「うまれたときから着ている古シャツ一まいで、すみからすみまで幸福だった」。

そういうスナフキンの思想をいちばんみごとに伝えているのは『ムーミン谷の十一月』で、これがシリーズの最高傑作だと私が疑わない理由もそこにある。なにしろ物語はスナフキンの旅立ちを軸に組まれているのだから。ある朝、目を覚まして秋の気配を感じたスナフキンは、漂泊の想い抑えがたく、すぐさまテントの杭《くい》を抜き、炭火を消して走り出し、「葉のすみずみまで、のびのびとくつろいでいる、ぽつんと一本はなれて立った木のように、ゆったりした気持ち」になる。孤独な木となった放浪者は、旅のさなかにこんなことを思う。

大きな家も、小さな家もありました。どれもこれも、くっつきそうなようすでならんでいました。くっついてしまっている家もありました。その家は、となりと、屋根も、といも、ごみ箱まで共同でした。となりの家のまどの中がまる見えで、となりの食べもののにおいまで、よくわかりました。

おなじようなえんとつと、高い切りづまと、井戸のポンプがならんでいる下に、家から家へ通じている、すりへった道がありました。

スナフキンは、音もたてずに、すばやく歩いていきながら、思いました。

(家ってやつは、どいつもこいつも、気に入らないな)

どんな土地を歩きまわろうと、帰るべき場所を必要としている私が憧れのスナフキンになれないのはもはや明らかだ。「塔の家」ならぬ「ムーミンやしき」の間取りが気に掛かるのも、こちらが本質的には定住者に属するからなのだろう。あのつつましい屋敷は、捨て子だったムーミンパパを代表格とする魂の冒険者たちにとって、いかにも快適な係留地なのである。小説を書いているらしい夢想家のムーミンパパも、かつては大いなる旅に身を任せた漂泊者だった。だが帰るべき場所があるかぎり、漂泊は甘えにすぎない。たとえ文章のなかであれ甘えの別名である漂泊の真似事《まねごと》を許した身に、スナフキンの孤独を理解できるはずもないのである。ムーミン谷への入口を示す看板を描いたヘムレンさんに、ふだんは冷静なスナフキンがとつぜん激怒した場面を私は思い出す。彼は「立入禁止とか、境界とか、閉鎖とか、しめだしとか、ひとりじめをあらわす感じのことば」が、「なにがなんでも」大嫌いだった。建設省認定の「たま川」などという看板を見たら、おそらく肝をつぶしたにちがいない。境界とは、ここでは地理的な問題にとどまらず、他者との関係にも波及する概念であり、スナフキンにとっては、自由な関係を固定させてしまうような過度な友情も一種の「境界」として、「しめだし」として拒否される体のものだった。

とはいえムーミン・シリーズを支えているのは、完全に自立した存在であるかのようなスナフキンがいちばんスナフキンらしく輝きうる環境を用意し、なおかつそれをまったく表には出さないムーミン谷の、特異な雰囲気の方ではあるまいか。そうでなければ、「ぼくのさがしているのは、おせっかいされないことさ」と豪語するスナフキンが、ムーミンたちを恋しく思うはずがない。

ムーミンたちだって、うるさいことはうるさいんです。おしゃべりだってしたがります。どこへいっても、顔があいます。でも、ムーミンたちといっしょのときは、自分ひとりになれるんです。いったい、ムーミンたちは、どんなふうにふるまうんだろう、と、スナフキンはふしぎに思いました。夏になるたびにいつも、ずっといっしょにすごしていて、そのくせ、ぼくが、ひとりっきりになれたひみつがわからないなんて。　　　　（『ムーミン谷の十一月』）

スナフキンが独立不羈《ふき》の存在であることは疑うべくもないけれど、旅をつづけて少し顎《あご》のあがりかけた彼にもっとも適した濃度の酸素を吹き込んでやる仲間たちの振舞いの方にこそ、じつはムーミン谷の秘密が隠されているのだ。感情のじかの接触におぼれず、それをゆっくり育てたり修復したりする時間の使い方に、あの連中はいかにも長《た》けている。スナフキンがいなくとも谷間の四季はめぐり、おさびし山には日がのぼる。しかしムーミン谷がなければスナフキンの個性があんなにも際《きわ》だつことはなかった。どこに行くのかと問われて、「わかるもんか、そんなこと」と応じる彼にとっても、ムーミン谷は必要不可欠の寄港地なのだ。画筆を握ったか否《いな》かは残念ながら確認できないものの、ハーモニカをギターに置き換え、「一ぴきのムムリク」である彼を現実の人間にたとえるなら、「オトカム」と名乗った辻《つじ》まことのような姿になるかもしれない。ただし、辻まことにすら家はあったし、その漂泊には起点と終点がたしかにあった。漂泊にはいつか終わりが来る。終わりを永久に繰りのべるためには、どこか大きな勇気と並はずれた精神力が必要とされるのだ。そういう力のない者は、どこかで早々と足を止めるほかないのだろう。(家ってやつは、どいつもこいつも、面白い)と感じている私には漂う資格すらなく、川崎市の北東のはずれにあるおさびし山と環状八号線沿いの西洋長屋を往復するのが精いっぱいである。ほげたさんのように、「きょうは」やまのかいしゃに行こうと、その日かぎりの新鮮な決断を下す勇気などついに持ち得ない輩《やから》にできるのは、「きょうも」とさもしい反復を提示することのみであり、現に「きょうも」これから、埃《ほこり》にまみれた「やまのかいしゃ」の書棚に足を運ぼうとしている。しんなりした小倉あんぱんを食べ、持参の珈琲を啜《すす》ってからもただぼんやり土手に腰を下ろして煙草を喫《の》んでいる私の隣で、ご隠居のハーモニカは陽気な男たちが住むというアラバマを通過してルイジアナを目指し、「たま川」どころか遥《はる》かなるスワニー河を越えていよいよ佳境に入り、草競馬の勢いで近眼の似非《えせ》スナフキンを追い立てるのだが、しだいに低く下りかかってきた夕闇のなか、白地に青の車体を鮮やかな茜《あかね》に染めて鉄橋を徐行してくる列車の蛍光燈の光と、むこう岸の空に突き出した起重機の横の砂山に映える朱色がいつまでも足を引き留める。いまやその朱色は、胸ポケットのなかで湿ったチェリーの箱の赤よりも濃く、指先に残った煙草の火よりも熱い。

本書で引用されている作品は、とくに断りのない限り、
すべて原典から著者が訳出したものです。

解説　声にならない声の刺青《いれずみ》――「おぱらばん」

吉増剛造

折も折、道元の言葉を読んでいて、思考の音楽が、まるで初時雨《しぐれ》……か、初めて耳にする雨のように身体《からだ》に沁《し》みこんで行くのに気がついて、感心をし、それをたのしむときにも恵まれていた。それは「再三撈摝《らうろく》すべし、まさに撈波子《らうばす》に力量あるべきなり」（道元「仏性」）を、「ゆっくりと仔細《しさい》に掬《すく》いとらねばならない。笊《ざる》で水を掬うような努力が必要なのだ」と再説といったらよいのだろうか、原文に第二ヴァイオリンの音色を添えるようにされた石井恭二氏の訳の言葉のはたらきによっていた……。（『正法眼蔵《しょうぼうげんぞう》』、河出書房新社刊）

心とからだに繫《つな》がるはじめての橋――。

堀江敏幸氏の言葉には作品にはそれがある。いや、それ以上の心身の無意識の仔細がいたるところにはたらいていて、……小文の筆者も、まさかと、襤褸《ぼろ》のボンゴのように胸躍らせて、最終篇に近い「珈琲と馬鈴薯《ばれいしよ》」のページをひらくと、何と、二四五頁、六行目に、〝笊〟があるではないか。はじめから、こんな引用をしようとは、思ってもいなかったことなのだけれども。「……驚くにはあたらない、ごくありふれた事態なのだった。私の注意を引いたのは、貧相な八百屋のスタンドの白いプラスチックの笊に盛られていた、蚕みたいな形の、食べ物かどうかも判然としない、錘状によじれた黄色っぽい物体だった。臆病《おくびよう》な私が、毛虫にでも触れるように恐る恐る指でつつきながら訊《たず》ねた野菜の名を、店のおばさんは愛らしく《クローヌ》だよと教えてくれた。いまの季節しか出ない珍しいものだからね。原産地は中国だって聞いたよ。死んじまった旦那《だんな》の話だからどこまで本当かわかりゃあしないけれどさ」たった今、咄《とつ》嗟《さ》に振った〝おばさん〟の傍点は、名篇「おぱらばん」の木魂《こだま》でもあるらしいことに、その幽《かす》かな戦慄《せんりつ》が振らせたものなのだろうと、読者諸氏は首肯《うなず》いて下さるのではないのだろうか。「クローヌ」＝《CROSNE》は草石蚕（チョロギ）、お正月のあの和《あ》え物だった、……と作者がこの上もなく仔細に辿《たど》る小径《こみち》は、わくわくするほどたのしいものなのだが、言葉にさわるときにはたらいているらしい柔らかな心の芯《しん》に、堀江敏幸氏の〝臆病な私、……〟〝恐る恐る〟には、これまでに誰もそこまで逸《そ》れて行こうとしたことのないような、……音楽でいうと、モチーフというのか楽節、小節の、……それこそ恐るの手筋《て》（「手スジ」だなんて、羽生さんみたい！）があるのであって、その途上で、わたくしたちも仏和辞典を繙《ひもと》きながら、撚糸《よりいと》のちいさな瘤《こぶ》と小さな、指がつくる小島と出逢《であ》うのである。臆病に、恐る恐る、隠されている世界の情景にさわって行く、読む目も、それにより添って、……この奥深さと仔細こそが、おそらく来るべき文学の姿なのだとわたくしは思う。

ここまで、小文中に、意図的に、〃仔細〃をこれで四回目、チェレスタ（ピアノに似た有鍵打楽器。弦の代りに鋼鉄製音板をハンマーで打って鳴らすもの。音色は明るく鋭い。）に似せてたのしんで挟んで鳴らしてきていた。それは、作品集中のこれも名篇「留守番電話の詩人」か、「貯水池のステンドグラス」に、お仕舞いのところで、別の視点からもういちどふれますが、きっとこの作品を愛する方々も居られることでしょう。《カコとリザ》＝「河馬の絵はがき」の、こんな手放しも作者にはめずらしい、……

こんもりとした河馬の背中がその幾何学的な下地に丸々と映えてじつに美しい。

（六十四頁、四行目）

と、仔細の〃仔〃は、「動物の幼少なもの」をも下地に襲《かさ》ねもっていて、こうして、作者の奥に隠れている、声と眼を、わたくしも文中に彫りこみたかった。

さて、「おぱらばん」。名篇というよりも、忘れがたい傑作というよりも、咽喉《のど》を日々とおる、声にならない声の刺青《いれずみ》、……というと当る、標題作の初出は、……と、青土社、港千尋氏カバー写真版の注記を読むと、一九九六年九月号「ユリイカ」とある。そうすると、この書物の書きはじめの、

数年前の天安門事件がまだ尾を引いていたのか、それとも、……（一〇頁、一行目）

という言葉は、これまでのほぼ二十年間のときの空気を、咄嗟に、梯立《はしだて》に似て、光らせるはたらきを持っていることに気がつく。偶々《たまたま》、小文を綴《つづ》りつつあるところに（二〇〇九年一月二十四日）、『北島《ベイタオ》詩集』（是永駿訳、書肆山田刊）が送られて来た。流浪孤高のこの詩人もまた、もうひとりの「おぱらばん」である。二十年の大冊のオビには、自筆らしい *Bei Dao* の筆跡、*P* なのか *B* なのか。ペイなのか、ベイなのかと、俤《おもかげ》をも浮かべつつ、考えているときが「おぱらばん」のときなのである。

堀江敏幸氏の隠された、柔らかい、地中へのアンテナを、惻々《そくそく》と読みとられ感じとられる読者も多いことと思う。掉尾《とうび》に、わたくしには、……〝怖《おそ》るべし〟と吐息を漏

らした作品「貯水池のステンドグラス」にふれておきたい。ふれられているのは、一九一三年ブカレストに生まれた詩人ゲラシム・リュカ。〝よろしい、あなたの小説をわれわれの前で朗読してくれたまえ……ただし終わりまで読んで感心できないようであれば、こいつで（黒光りする小型の拳銃で）、きみを、撃ち殺す。〟と（本書一〇六頁、六、十二行目）。

堀江敏幸氏は、真冬（一九九四年）に入水自殺をした、ゲラシム・リュカの詩の引用を、次の行から、はじめている。

こめかみからこめかみへ
ぼくの潜在的な自殺の血が
流れる

黒く、硫酸みたいにつんと、黙して

この〝つんと、黙《もだ》して〟が、深い深い、作家（堀江敏幸）の声なのだ。〝黙して、深い深い、……作家の、……声〟と書き記しながら、あるいは、そう綴っておいて、わたくしたちも、次の声を、耳の奥に、さらに仔細にそれを聞こうとしていることに気がつく。カフカやプルーストが、あるいは宮澤賢治がしていたであろうような〝書く手《て》の声〟に、この作家の心はとどこうとしているのではないのか、……とわたくしたちもまた、書いているように黙ってつぶやくのだ。

（平成二十一年一月、詩人）

この作品は平成十年七月青土社より刊行された。

堀江敏幸著　いつか王子駅で

古書、童話、名馬たちの記憶……路面電車が走る町の日常のなかで、静かに息づく愛すべき心象を芥川・川端賞作家が描く傑作長篇。

堀江敏幸著　雪沼とその周辺
川端康成文学賞・谷崎潤一郎賞受賞

小さなレコード店や製函工場で、旧式の道具と血を通わせながら生きる雪沼の人々。静かな筆致で人生の甘苦を照らす傑作短編集。

堀江敏幸著　河岸忘日抄
読売文学賞受賞

ためらいつづけることの、何という贅沢！異国の繋留船を仮寓として、本を読み、古いレコードに耳を澄ます日々の豊かさを描く。

島尾敏雄著　出発は遂に訪れず

海上特攻という愚策を描き、戦争体験を扱った作品群の到達点を示す表題作ほか、日本文学の目眩く奇跡を伝える傑作短編9編を収録。

小川洋子著　まぶた

15歳のわたしが男の部屋で感じる奇妙な視線の持ち主は？　現実と悪夢の間を揺れ動く不思議なリアリティで、読者の心をつかむ8編。

いしいしんじ著　ポーの話

あまたの橋が架かる町。眠るように流れる泥の川。五百年ぶりの大雨は、少年ポーをどこへ運ぶのか。激しく胸をゆすぶる傑作長篇。

JASRAC　出0900084-402

おぱらばん

新潮文庫　ほ - 16 - 4

平成二十一年三月一日発行
令和六年十月五日二刷

著者　堀《ほり》江《え》敏《とし》幸《ゆき》
発行者　佐藤隆信
発行所　株式会社 新潮社

郵便番号　一六二—八七一一
東京都新宿区矢来町七一
電話 編集部(〇三)三二六六—五四四〇
読者係(〇三)三二六六—五一一一
https://www.shinchosha.co.jp

価格はカバーに表示してあります。

乱丁・落丁本は、ご面倒ですが小社読者係宛ご送付ください。送料小社負担にてお取替えいたします。

印刷・株式会社精興社　製本・加藤製本株式会社

ISBN978-4-10-129474-2 C0193